婚約者が明日、
結婚するそうです。

主な登場人物
リィネ
アレクの妹。アレクのことを大切に思っている。ラネとも仲良くなり、実の姉のようにラネを慕っている。
アレク
魔王討伐パーティーの「勇者」。正義感が強く、真っ直ぐな人柄。ラネと出会い、彼女の味方となる。
ラネ
王都から離れた小さな村に住んでいる。5年前に幼馴染のエイダーと婚約するが、彼が聖女と結婚するという話を聞き、式に出席するため王都に来る。優しく、芯の通った性格。

エイダー
5年前ラネと婚約していたが、魔王討伐パーティーの「剣士」として選ばれて王都へ旅立ち、聖女と結婚する。剣士に選ばれたことで傲慢さを持つようになる。
アキ
聖女。「特別になりたい」という気持ちが強く、気性が荒い、自己中心的な人物。
クラレンス
王太子。威厳はあるが、気さくな性格で、アレクとも仲が良い。

Contents

婚約者が明日、結婚するそうです。

櫻井みこと

イラスト
カズアキ

1章　婚約者の裏切り

「ねえ、エイダーの結婚式って明日よね？」

幼馴染《おさななじみ》のメグの言葉に、ラネは顔を上げた。今朝《けさ》、村人全員が聞いた話だ。忘れるはずもない。

不思議に思って顔を見ると、彼女は意地悪そうに笑っていた。わざわざ確認したのは、ラネがショックを受けていると思っているからだろう。だから、笑って頷《うなず》く。

「ええ、そうね。村を出て、もう5年くらい？　あのエイダーが聖女様と結婚するなんて、すごいわね」

ここは、ギリータ王国の王都から遠く離れた、田舎《いなか》の小さな村である。人口はあまり多くない。

だからメグだけではなく、この村に住む同じ年頃の者はみんな幼馴染だ。

「あの泣き虫だったエイダーが……。なんだかまだ信じられないくらいよ。まさか、こんな小さな村から、魔王討伐パーティのメンバーが選ばれるなんて思わなかったわよね」

そう言いながら、最後の洗濯物《せんたくもの》を干す。

意地悪な表情をしていたメグは、そんなラネの言葉に、あからさまにつまらなそうな顔をして去って行く。

その後ろ姿が見えなくなってから、ラネは大きくため息をついた。

確かに村の子供たちの中でも、エイダーとラネはとくに仲がよかった。昔は身体が小さく、いじめられてばかりいたエイダーを、ラネはいつも全力で庇《かば》っていた。

放っておけない弟のような存在だったのに、いつの間にか背が伸び、剣の腕を磨き、あっという間に冒険者となって村を出て行ってしまった。

それが5年前のことで、ふたりとも当時15歳だった。

旅立つ前日に、エイダーはラネを呼び出して言ったのだ。

「必ず出世して戻ってくる。そうしたら、俺と結婚してくれないか？」

「えっ」

突然の申し出に驚くも、何となくお互いを意識していたのは事実だ。

ラネも、だんだん逞《たくま》しくなるエイダーを異性として見るようになっていた。そんな彼が村を出てしまうことが、素直に悲しかった。だから彼の申し出に笑顔で頷いたのだ。

「ええ。待っているわ。わたしをエイダーのお嫁さんにしてください」

頷くと、エイダーは精悍《せいかん》な顔を緩《ゆる》めて嬉《うれ》しそうに笑った。

「ありがとう。必ずしあわせにするよ」

それから彼とふたりで、村長と互いの両親に挨拶《あいさつ》をして、正式に婚約者となったはずだった。

(まさか5年後に、エイダーの結婚式の知らせを聞くなんてね)

ラネは自嘲《じちょう》めいた笑みを浮かべて、空を見上げる。

(しかも、相手は聖女様だなんて……)

エイダーと聖女アキの結婚は、少し前に発表されていたようだ。けれど、田舎の村に知らせが届いたのは、今朝のこと。もう結婚式の前日になっていた。

洗濯物を干し終えて家に戻ると、部屋を出たときと同じように母は泣いていて、父が必死に慰めていた。

今朝、エイダーが聖女と結婚すると聞いてから、ずっとこんな調子だ。

(確かに、おじさんとおばさんは、以前とはまったく違う人のようになってしまっていたけれど……)

ラネは、今朝のことを思い出して、ため息をつく。

息子のエイダーが魔王討伐パーティに選ばれてから、彼の両親は村長よりも大きな顔をしていた。

エイダーから連絡が入る度《たび》に村人たちを広場に集め、エイダーが凶暴な魔物を倒したとか、魔王の配下と対峙《たいじ》したとか、そんなニュースを教えてくれた。

最初は大喜びだった村人たちも、あまりにも頻繁《ひんぱん》に呼び出されるため、なかなか集まらなくなっていた。確かに魔王を倒してくれる一行には感謝してはいるが、仕事をしなければ食べていけない。

だから今朝も、最初に集まったのは2、3人だったらしい。

それを、本当に大事な発表だからと、村人全員を強引に広場に集めて、エイダーの父はこう言った。

「息子のエイダーが、聖女アキ様と結婚することになった。結婚後は爵位と領地を賜《たまわ》る予定だ」

それを聞いた村人たちの視線がラネに集まる。エイダーがラネと結婚の約束をしていたことは、村中の人が知っていた。

周囲から哀れみや好奇の視線を向けられても、ラネは表情ひとつ変えずにいた。

(何となく、帰ってこないような気はしていたから)

エイダーが出立してから2、3年は、頻繁に手紙が届いていた。

贈り物をもらったこともある。高価なものではなかったが、エイダーが選んでくれたものだと思うと嬉しかった。

もちろん返事も出した。冒険者ギルド宛に出した手紙は、彼が旅を続けていることもあって届くまで時間がかかっていたが、それでも途切れず続いていたのだ。

けれどエイダーが魔王討伐パーティに選ばれてから、ぴたりと手紙が途絶えた。

さすがに魔王討伐の旅は過酷《かこく》なのだろう。ラネはそう思って、手紙を出す代わりに毎日、村にある小さな教会で彼の無事を祈り続けた。

それから1年ほど旅は続き、魔王討伐という偉業を成して、ようやく終わった。

ラネは心から安堵《あんど》して、早速、彼の無事を喜ぶ手紙を書いた。けれど、エイダーから返事はこなかった。

王都では祝賀会や聖女アキを称える祭りなどが続いて、毎日が忙しいのだろう。落ち着いたら、きっと連絡をくれるはず。そう思っているうちに、もう1年が経過していた。

その間に聞こえてきたのは、エイダーが剣聖の称号を得て、聖女の騎士に任命されたという噂だった。

いつも親切だったエイダーの両親が、急によそよそしくなったのは、その頃だ。

きっとその頃に、聖女との結婚の話が出ていたのだろう。

エイダーの父親は、にこやかな顔のまま、広場に集まった村人たちを見渡してこう言った。

「ふたりの結婚は、このギリータ王国の国王陛下に正式に認められている。異議を唱えたりしたら、不敬罪になるかもしれない。くれぐれも余計なことは言わないようにしてくれ」

こんな田舎の村で話したことが、国王陛下の耳に入るとは思えない。誰かが、国王陛下とも会えるような人に告げ口をしない限り。

(余計なことはしゃべるな、っていう脅《おど》しね)

もしも、エイダーに婚約者がいたなんて知ったら、聖女は気を悪くするかもしれない。ひょっとしたら、結婚自体がなくなってしまう可能性もある。

それを懸念して、エイダーの父は村人たちを脅したのだ。

余計なことは言うな。もししゃべったら、罰せられるぞ。

そんなことを言われてしまえば、逆らう者はいない。

エイダーは剣聖で、結婚相手は聖女。しかも国王陛下が認めている結婚なのだ。

「おめでとうございます。さすがエイダー様」

「村の誇りだな」

皆、口々に祝いの言葉を述べている。いつの間にか、ラネと両親の周りには誰もいなくなっていた。

ふと視線を感じて顔を上げると、かつては優しく接してくれていたエイダーの母が、冷たい目でラネを見つめている。

「ラネちゃんは将来娘になるんだから、おばさんじゃなくて母さんと呼んでもいいのよ」

5年前にはそう言ってくれたのに、そんなことなど、もう覚えていないのだろう。

エイダーが自分以外の女性と結婚する事実よりも、エイダーの両親、そして村の人たちの豹変《ひょうへん》が悲しかった。

そのまま何も言わずに、広場から立ち去る。

父も泣き出しそうな母の肩を抱いて、ラネのあとに続いた。

自分の家までの道を歩きながら、ラネは静かに、5年も会っていない婚約者の顔を思い浮かべてみた。

漆黒の髪に、すらりとした長身。黒い瞳。昔は泣き虫だったことが信じられないくらい、逞しく成長した幼馴染。ラネは、記憶の中の彼に問いかける。

（エイダー、どうして？　あなたの立場が変わったことくらい、わたしだって理解している。せめて直接、婚約を解消しようと言ってくれたら、ちゃんと応じたのに）

好きだった。

彼との将来を、ずっと夢見ていた。

けれど、エイダーが魔王討伐パーティのメンバーに選ばれたときから、住む世界が変わってしまったと感じていた。もしかしたら魔王を討伐しても村には戻らず、王都で暮らすのかもしれない。

もし彼が別れを切り出してきたら、未練がましく縋《すが》ったりせずに、笑顔で受け入れようと思っていた。

でもエイダーは、異世界から召喚されたという、浄化の力を持つ聖女を選んだだけでなく、両親を通してラネに余計なことは言うなと脅しをかけてきた。疎《うと》ましく思われているのは明白だ。

エイダーにとって、ラネはもう婚約者ではなく、自分と聖女の結婚の邪魔になる障害物でしかないのだろう。

泣き崩れる母とは反対に、涙も出ない。家に戻ってからは、じっとしていたら余計なことを考えてしまいそうで、忙しく立ち働いていた。

そして洗濯物を干しに行った先で、幼馴染のメグに嫌がらせのようなことを言われてしまった。

エイダーは、聖女との結婚後は爵位と領地を賜り、貴族の一員となるのだ。

こんな小さな田舎の村で生まれたことも、幼馴染の婚約者も、彼にしてみたら抹消したい過去なのかもしれない。

母の嘆きから逃げるように部屋を出て、台所に向かう。昨日収穫した野菜を使って、昼食を作るつもりだった。

（これからどうしようかな……）

料理をしながら、今後のことを考える。

きっと、この村を出た方がいいのだろう。あんなことがあったあとでは、ラネと結婚してくれる者などいないだろうし、当事者である自分がいない方が両親も暮らしやすいに違いない。

けれどラネは、生まれ育ったこの村を一度も出たことがない。外の世界に対する不安や、両親と離れる心細さもある。

それでも、もうこの村で暮らすのは難しい。むしろ出て行けと言われるかもしれない。そうなる前に、自分から出て行こう。

（うん。もう、それしかないわね）

そう決意したラネだったが、エイダーの父親は、午後からエイダーの幼馴染だけを広場に呼び出して、さらにこう告げた。

「聖女アキ様が、『エイダーの幼馴染にも結婚式に参列してほしい』とおっしゃっている。大変光栄なことだ。明日の朝、王城から迎えが来るので、各自支度《したく》をしておくように」

「え……」

突然の言葉に、他の幼馴染たちも動揺しているようだ。

「王立魔導師団の団員が、テレポートの魔法で王都まで運んでくださる。全員を移動させることが可能らしいから、心配はいらない」

「王立魔導師……」

こんな田舎の村では、魔導師だって見たことがない。

それなのに、国に仕える王立魔導師団の魔導師が、聖女の結婚式に参列する人たちをわざわざ移動させてくれるという。

あらためて、聖女という存在がどれほどのものか思い知る。

エイダーの父親は何度も全員参加だと言った。親世代はともかく、エイダーと年の近い者は全員参列しなければならないらしい。

もちろん、エイダーの元婚約者であるラネも含まれている。

(元婚約者を結婚式に参列させるなんて、悪趣味だわ)

ため息すらも、深読みされてしまいそうでつけない。ふたりの結婚式を見せつけて、完全に諦《あきら》めさせるつもりなのか。聖女の結婚式ならば、さぞかし豪華絢爛《けんらん》であろう。

もしくは嫉妬したラネが、ふたりの結婚の邪魔をすることを期待しているのかもしれない。

事を起こしてしまえば、不敬罪で罰するのはたやすい。

エイダーと聖女の真意はわからない。けれど、どうあってもエイダーの結婚式には参列しなければならないようだ。

エイダーの父親の話が終わり、解散となった。

まだ騒然《そうぜん》としている幼馴染たちから離れて、ラネはひとりで先に家に戻ることにした。

小石の多い道を歩きながら、昔のことを思い出す。まだ幼かった頃、エイダーはこの道で転んでばかりいた。他の幼馴染たちはそのまま駆けて行ってしまい、エイダーを助け起こして、泣きじゃくる彼を慰めるのは、いつだってラネだった。

成長するにつれて逞しく成長したエイダーは、今度は俺がラネを守ってあげると言って、照れくさそうに笑っていたのに。

(昔のことよ。もう思い出す必要もないのに)

感傷を振り払うように、ラネは大きく首を振る。順調に出世していく彼は、もう村には帰ってこないだろうと思っていたのも事実だ。こんな形だとは思わなかったが、婚約は解消されるだろうと、なんとなく思っていた。

けれど、たとえひどい裏切りを受けたとしても、思い出までは消えてくれない。

たくさんの思い出が、村中に残っている。

(本当に、この村から出た方がいいのかもしれない)

ここにいたら、嫌でもエイダーのことを思い出す。剣聖と聖女であるふたりのことは、この国にいる限りどこに住んでいても聞こえてはくるだろうが、ここで聞くよりはましだ。

ラネはそう決意して、顔を上げた。

この村から王都まではとても遠い。乗合馬車を使っても、かなりの旅費がかかる。せっかく魔法で王都まで運んでもらえるのなら、そのまま村には戻らずに、王都の周辺の町で仕事を探せばいいではないか。ラネは、家に戻るとすぐに、両親にそう決意したことを話した。

「どうして、エイダーはそんなことを」

わざわざ婚約していたラネを結婚式に呼ぶという暴挙に、さすがに両親も憤ったようだ。

だが、反論することなどできないし、許されない。

「せっかく王都に連れて行ってもらえるのだから、そのまま村を出ようと思うの。ここにいても居心地の悪い思いをするだけだし、思い出も多すぎるから」

「ラネ……」

家を出て行くと告げると、母はまた泣いたが、父は賛成してくれた。

「離れるのは寂しいが、ラネのためにもその方がいい。このまま村にいても、肩身の狭い思いをするだけだ」

それなら、誰も知らない土地に行った方がいい、と理解してくれたのだ。

そうと決まれば、早速荷造りをしなくてはならない。ラネは自分の部屋に戻り、少し大きめの鞄を取り出して荷造りを始めた。そんなに多くのものは必要ない。着替えを数着と、祖母から譲り受けた装飾品。父から誕生日にプレゼントしてもらった腕輪と、母の手作りのショール。

エイダーからの手紙と贈り物は、少し迷ったけれど処分することにした。こんなものが残っていたら、彼も嫌な気持ちになるだろう。

エイダーとの過去は、すべて捨ててしまうつもりだ。手紙を暖炉で燃やし、贈り物も処分した。

贈り物といっても、彼が旅先で見つけた珍しい花を栞《しおり》にしたものなどだ。

全部燃やしてしまうと、少しだけ心が軽くなった。

形あるものを残しておくと、いつまでも心が残ってしまうのかもしれない。

最後に、数年前に村人同士の結婚式に参加したときに新調した、比較的綺麗《きれい》なワンピースを用意する。聖女と剣聖の結婚式にはふさわしくないが、これしかないのだから仕方がない。

「父さん、母さん。こんなことになってごめんなさい」

「謝らなくてもいい。ラネは何も悪くない。お前もいつまでも泣いていてはいけないよ」

父にそう諭《さと》されて、母も顔を上げた。

「そうね。ラネ。離れていても、あなたの幸福をずっと祈っているからね」

「ありがとう。父さんも母さんも、身体に気を付けてね」

村で過ごす最後の夜は、こうして両親とゆっくり話をして過ごした。

◆◇◆◇◆

生まれ育った村と両親から離れるのは寂しいが、このままでは両親にも迷惑をかけてしまうかもしれない。

それに、この村でいつまでもエイダーのことを引き摺《ず》るよりは、新しい生き方を見つけた方が自分のためだ。両親にも、落ち着いたら必ず手紙を出すと約束した。

「身体に気を付けるのよ」

「ええ。父さん、母さんも」

大きな荷物を不審に思われるかもしれない。少しだけそう警戒したけれど、集まった者たちは皆、同じような荷物を抱えていた。

それを見てほっとする。彼らも幼馴染として一緒に育ってきたが、村を離れることは誰にも話す気はなかった。もちろん、別れの挨拶もしないつもりだ。

エイダーの両親は、まるで貴族のように上等な服装をしていた。

彼らの傍《そば》には、荷物を持った従者もいる。急にこんな待遇をされてしまえば、自分たちが特別な存在だと思うのも仕方がないのか。

そんなことを思いながら、ラネはぼんやりと村の景色を眺《なが》めていた。

もう戻ることはないかもしれない。少しだけ感傷的になっていると、広場に突然、複数の人間が出現した。

驚いて声を上げそうになりながら見上げると、彼らは美しい装飾が施された揃《そろ》いの制服を着ていた。

王立魔導師団だった。若く凛々《りり》しい彼らに、女性たちは目を奪われている。ラネも一度は視線を向けたが、彼らはあまり好意的ではなさそうだ。

この村に、あるいはエイダーに、いい印象を持っていないのかもしれない。

王立魔導師団ともあろう者が、剣聖と聖女の結婚式のためとはいえ、ただの村人を移動させるために魔法を使わなくてはならないのだから、それも仕方がないのかもしれない。

ラネは彼らから目を逸《そ》らし、視線を落として、自分のつま先を見つめる。

この結婚は本当に祝福されているのか。エイダーはしあわせになれるのかと、ぼんやりと考えていた。

魔導師たちの指示に従って、広場の中央に集まった。これから移動魔法で、いっきに王都まで移動するようだ。魔力酔いをして、気分が悪くなる場合もあると事前に説明してくれた。それを聞いて、初めて魔法を体験する幼馴染たちも不安そうだ。

だがエイダーの両親だけは何度か経験しているようで、落ち着いた顔をしていた。ラネも少し怖いと思ったが、逃げるわけにはいかない。詠唱が始まり、足元に魔方陣が浮かび上がる。

（なんだか、空間が歪《ゆが》んでいるような気がする）

ふわりとした浮遊感のあと、急速に落下するような感覚。

（落ちる！）

ラネはとっさに目を閉じて、衝撃に備えた。

けれど想像していたようなことは起こらず、再び目を開けたときには、目の前に大きな街並みが広がっていた。

「すごい……」

周囲の幼馴染たちが、感嘆の声を上げる。

みんな、王都に来たのは初めてだ。

近隣の町でさえ、迷子になってしまうほど広いのに、王都はその町とは比べ物にならないほどの規模であった。ラネもまた、目を見開いて周囲の景色を眺めていた。

（すごい人……。それに、建物も大きくて立派だわ）

この王都の奥にそびえているのが、王城だろうか。

村から見える山のように大きいその城を、ラネは見上げる。聖女はあの城に住んでいるという。

辺境の小さな村がすべてだったラネとは住む世界が違う。エイダーはそんな人と結婚するのだ。

こんなに大きな町に住み、立派な王城に住んでいる人と結婚するエイダーが、ラネのことなど忘れてしまっても仕方がないのかもしれない。

諦めに似た苦い思いが、心の中に広がる。

婚約解消を申し出るまでもなく、ラネの存在などエイダーの中から綺麗に消えてしまっていたのだ。

視線を感じて振り返ると、エイダーの両親が満足そうな顔をしてこちらを見ている。

ラネが今のエイダーとの差を思い知り、仕方のないことだと受け入れたことがわかったのだろう。

そもそも聖女とエイダーは、本当に結婚式に幼馴染たちを呼んだのだろうか。

生まれ育った村のことさえ、もう頭にないのではないか。

もしかしたらエイダーの両親がラネに、そして幼馴染たちにも、エイダーはもう自分たちとは違う存在なのだと思い知らせるために、わざわざ王都まで呼び寄せたのではないか。

そんなことさえ考えてしまう。

それを裏付けるように、エイダーは村の幼馴染たちに会いに来ることはなかった。

明日の準備でふたりとも忙しいから。

エイダーの両親にそう言われて、王都にある宿屋に案内される。今日はここに泊まり、明日になったら結婚式が執り行われる王城に向かうようだ。

(あの大きなお城で、結婚式を……)

案内された宿屋もとても綺麗で大きく、幼馴染たちは気圧《けお》されたように、誰も口を利かない。

ラネも一人部屋に案内され、荷物を置いてようやく大きく息を吐く。

明日の結婚式はきっと大勢の人たちが参列して、聖女と剣聖の結婚を祝うのだろう。

そこには国の重鎮や貴族たちが参列していて、自分たちのような存在は、ふたりの視界にも入らないに違いない。

ラネはふかふかの寝台に腰をかけたまま、目を閉じる。

明日、すべてを見届けて、そして決別しよう。

エイダーのことは、彼を愛していたことも含めて、すべて忘れてしまおう。

きっと結婚式でも遠くから見つめるだけだろうが、それが最後だ。

(それでいいのよ。そしてわたしも、新しい人生を生きていく)

そう思ったところで、ふと聞き覚えのある笑い声が聞こえてきて、窓の外を見る。

幼馴染のメグとミーエが、ふたりで出かけるところだった。

最初は萎縮していたふたりも、部屋に落ち着いたら美しい王都の街並みに惹《ひ》かれ、歩き回ってみようと思ったのだろう。

(わたしも、少し歩いてみようかな？)

これからは村を出てひとりで暮らすのだから、町の環境にも慣れておかなくてはならない。

そう思ったラネは、軽く身支度を整えて町に出てみることにした。

宿屋の受付に外出することを告げて、外に出る。

迷子にならないように、宿屋の名前と目印を覚えておく必要がある。そう思って周辺に視線を巡《めぐ》らせると、ちょうど宿屋の前には広場があり、そこには大きな時計塔があった。

(これなら迷ったりしないわね。宿の名前も、「緑の時計亭」だし)

なぜ緑なのかというと、宿屋の中に多くの植物や花が飾られているからだろう。

見慣れている野の花とは違う、人の手の入った豪奢《ごうしゃ》な花は、思わず見惚《みと》れてしまうくらい美しいものだった。

軽く周囲を見渡してから、人通りの多い方向に歩いてみる。どうやら、この先には多くの店が並んでいるようだ。

（店がいっぱいあるわ。それに、たくさんの人……）

生まれ育った村には、何でも売っている雑貨屋が1軒あった。けれど王都に立ち並ぶ店は、専門店ばかり。それも、服を売る店だけで何軒もある。

（綺麗な服……）

思わず目を奪われて、立ち止まる。よく見ると町を歩いている人たちの服装も、洗練されていて美しいものばかり。貴族ではなくとも、これほど裕福に暮らしている人もいるのだと驚く。

（なんだか華やかすぎて、眩《まぶ》しいくらい）

人の多さも相まって、少し気分が悪くなってきた。長距離を魔法で移動したばかりだということも関係があるのかもしれない。

少し休もうと、ラネは大通りから外れて裏道に入った。

あまり人の気配もなく、周囲の建物が高いせいか、昼間だというのに少し薄暗い。

それでも賑《にぎ》やかな大通りからあまり離れていないからと安心して、ラネは休める場所を探して歩いていく。

そして、王都でも華やかなのは一部でしかないと思い知った。

通りの隅には、昼間から酒の匂いのする男が地面に座り込んでいた。もっと奥にある裏路地からは、暗い目をした子供がじっとこちらを見つめている。まるで獲物を狙う獣のような目だ。

「……っ」

危険を感じたラネは、身を翻《ひるがえ》して逃げようとする。

王都は華やかで美しいだけの場所ではない。着飾った人々がいる半面、少し道を外れたら、村よりも貧しい暮らしをしている人たちも存在するのだ。

けれど、走って逃げたのは間違いだったようだ。ラネは、裏通りから飛び出してきた男に腕を掴《つか》まれてしまう。

「きゃっ」

「こんなところに迷い込むなんて、不用心なお嬢さんだ」

笑いを押し殺しながら、ラネの腕を掴んだ男がそう言った。

黒いローブを被《かぶ》った若い男は、そう言ってラネの腕を掴んだまま、どこかに向かおうとする。

「嫌……。放してくださいっ」

何とか抵抗して逃げようとするが、男の手は力強く、けっして離れない。

「暴れない方がいい。痛い目にあうぞ」

脅し文句に息を呑《の》んだ途端、ふいに腕が解放された。

「あっ」

力一杯振りほどこうとしていた反動で、転びそうになる。それを背後から支えてくれたのは、見知らぬ若い男性だった。

「大丈夫か？」

気遣《きづか》うような優しい声。彼からは、まったく敵意を感じなかった。

「……は、はい」

ラネは安堵《あんど》で座り込みそうになりながら、ゆっくりと頷いた。

薄暗い路地でも光輝くような金色の髪に、澄んだ青空のような青い瞳。

背が高く痩身《そうしん》だが、ラネを庇ってくれた腕はとても力強く、相当鍛えているのだろうと察せられた。

彼は片手でラネの腕を掴んだ男を引きはがし、さらに空いた手で支えてくれたのだ。

「……お前、ランディか。改心したというのは、嘘だったようだな」

呆《あき》れたような声だが、底には相手を威圧するような響きがある。

黒いローブの男は、敵意がないことを示すように両手を上げて、大きく首を横に振った。

「とんでもない！　俺はただ、このお嬢さんがひとりでこんなところを歩いていたから、安全な場所まで連れて行くつもりで」

「脅していたようだが？」

「こんなところに長居をしていたら、危ない目にあうぞ、って警告するつもりだったんだ」

ローブを脱ぎ、露《あらわ》になった顔は思っていたよりも若く、まだ少年のように見えた。茶色の髪は肩まで長く、ひとつに結んでいる。あまり身綺麗にしていないから、彼もまたこの辺りの住人なのだろう。

だが同じ少年でも、路地裏からラネを見つめていた彼らの暗く淀《よど》んだ瞳とはまったく違う、澄んだ瞳をしている。

だからその言葉を信じることにした。

「わたしを助けようとしてくれたのね。ありがとう。暴れてごめんなさい」

「……本当に、世間知らずのお嬢様みたいだな」

呆れたような声でそう言うランディを、助けてくれた金色の髪の青年が小突く。

「彼女の好意に感謝しろ。そう言ってくれなかったら、詰め所に突き出すところだった」

「そ、そんな。すみません、お嬢さん。ありがとうございます」

頭を下げるランディに、ラネは慌《あわ》てて首を振る。

「わたしはお嬢様じゃないわ。田舎から初めて王都に来て、人に酔ってしまったの。それで、休める場所を探していたら、こんなところに入り込んでしまって」

「なんだ、田舎もんか」

そう言ったランディは、再び小突かれて頭を押さえる。

「痛い！　あんたの力は常人離れしているんだから、手加減してくれないと頭が砕けてしまうよ」

「まったく、懲りていないようだな。次はないぞ」

そう言うと、ランディは慌てて逃げて行った。

それを見送った彼は、ラネに向き直る。

「気分が悪いところに、騒がしくして申し訳ない」

「いいえ、助けていただいてありがとうございます。わたしはラネです」

そう名乗って頭を下げると、彼は穏やかに微笑む。

「俺はアレクだ。安全に休めるところに案内しよう」

そう言って、大通りから少し離れた公園に連れて行ってくれた。

こんな大都市の真ん中だというのに木々が生い茂り、噴水まである。導かれたベンチに座り、ラネはようやくほっと息を吐く。

「ありがとうございます。楽になりました」

「それならよかった」

心配そうにラネを見ていたアレクは、そう言って笑みを浮かべた。彼の整った容貌《ようぼう》に今さら気が付き、胸がどきりとする。

「俺も、生まれは王都から遠く離れた海辺の小さな町なんだ。王都に慣れるまでは、結構大変だったよ」

田舎から出てきた者同士という共通点に、緊張していたラネも次第に打ち解けてきた。

「わたしは山辺にある小さな村から来ました。海は、まだ見たことがないんです」

「そうか。いつか見てみるといい。ところで、君はどうして王都に？　もしかして、明日の結婚式を見に来たのか？」

「……いえ。あの」

どこまで話していいのか、少しだけ迷う。

アレクはそんなラネの戸惑いに気が付いたようで、謝罪の言葉を口にした。

「すまない。出会ったばかりだというのに、不躾《ぶしつけ》だった」

「そんなことはありません。ただ、わたしたちはエイダーと同じ村の出身で。それで、結婚式に招待してもらったのです」

それだけを告げる。

「エイダーの？」

彼は驚いたようにそう言った。

どうやらエイダーを知っている様子だ。隙のない立ち姿といい、先ほどの少年とのやり取りといい、もしかしたら彼も冒険者なのかもしれない。

「エイダーを知っているのですか？」

驚いてそう尋ねると、アレクは少し複雑そうに頷いた。

「ああ、エイダーもアキもよく知っている。明日の結婚式にも参列する予定だ。ただ、少し困ったことがあって……」

アレクはそう言うと、本当に困ったように視線を落とした。その様子に、ラネは差し出がましいこととは思いつつも、こう口にしていた。

「わたしに何かお手伝いできることはありますか？」

一瞬、縋るような目でラネを見たアレクだったが、やがて静かに首を振る。

「いや、出会ったばかりの君に、こんなことを頼むわけにはいかない。余計なことを話してしまって、すまなかった。忘れてほしい」

「ですが……」

彼には危ないところを助けてもらったのだ。

ランディは親切心だったのかもしれないが、急に腕を掴まれ脅されて、ラネはパニック状態になっていた。彼を振り払ってさらに奥に逃げていたら、どうなっていたかわからない。

せめて話だけでも聞かせてほしいと繰り返し尋《たず》ねると、アレクは戸惑いながらも、詳しい話を聞かせてくれた。

「明日の結婚披露パーティに参列するために、パートナーを連れて行く必要があってね。俺は平民だし、王城で開かれるパーティなんて堅苦しいだけだ。だがエイダーとアキの結婚式だから、参列しないわけにはいかない」

そう言って、ため息をつく。

「本当は妹に頼むつもりだった。でも妹は絶対に嫌だと言って、ひとりで先に町に帰ってしまった。他にも立候補してくれる女性はいるが、下手に貴族の令嬢に頼むとあとが面倒だ」

ふいにアレクは立ち上がると、ラネの足元に跪《ひざまず》く。

「え？　アレクさん？」

驚くラネに、彼は懇願した。

「すまない。出会ったばかりの君にこんなことを頼むのは、非常識だとわかっている。だが、他に誰もいないんだ。明日、俺のパートナーを務めてくれないだろうか」

「……」

すぐに答えることができず、ラネは口を閉ざす。

彼は本当に困っている様子だ。

それに、アレクは忘れてほしいと言ったのに、無理に聞き出したのは自分だ。彼にここまで

言わせてしまったのだから、断ってはいけないと思う。

だが、明日のパーティはエイダーと聖女の結婚式なのだ。そこに元婚約者であるラネを連れて行けば、アレクに迷惑をかけてしまうかもしれない。

しかも、パートナーを連れて行かなくてはならないという言葉から察するに、彼は正式な招待客だ。エイダーの目にも止まるかもしれない。

「あの、とりあえず立っていただけませんか？」

そう言ってアレクに立ち上がってもらい、言葉を選びながら慎重に、自分の立場を説明することにした。

「その、わたしにも少し事情がありまして。わたしを連れて行ったら、アレクさんに迷惑をかけてしまうかもしれません」

「事情とは？」

「……ここでお話しするのは、ちょっと」

ラネは周囲を見渡す。

広い公園とはいえ、周囲にはたくさんの人がいる。明日結婚する剣聖と婚約していたなんて、安易に口に出すことはできなかった。

「そうか。ならば、一緒に食事でもどうだろうか。完全に個室で、防音魔法がかけられているところがある」

「防音魔法。そんなものが……」

そこでなら心置きなく話すことができるだろうが、手持ちのお金が少ない身としては、外で食事をすることに躊躇《ためら》いがあった。だが、彼にはきちんと事情を話しておきたい。

(村を出てひとりで暮らす予定だったから、少しは蓄えがあるわ。それを使うしかないわね)

心に決めて、彼の誘いに頷いた。

「はい、わかりました」

「設備はちゃんとしているが、庶民的な店だよ。安くておいしいから、期待していてくれ」

そう言ってアレクが連れて行ってくれたのは、確かに高級そうな造りの建物だった。だが出される料理は庶民的で、値段も心配していたほど高くはなかった。

アレクは店の主人と馴染みのようで、軽く挨拶をすると案内される前に個室に入っていく。

「まずは食事を楽しもうか。海を知らないのなら、海鮮料理がおすすめだ」

「はい、ありがとうございます」

男性と食事をするのは初めてで、少し緊張してしまう。

確かに、海鮮はほとんど口にしたことがない。

彼の助言に従って、シーフードのシチューとパン。そして海鮮サラダを注文してみる。

すぐに運ばれてきた料理は、見た目も綺麗でおいしそうだった。

「おいしい……」

目を輝かせるラネに、アレクも嬉しそうに笑う。

「この店では、俺の故郷で採れた海鮮を使っているんだ」

「そうなんですね」

噂に聞く広い海を想像してみようとしたが、小さな池しか見たことがないので、なかなか想像できない。王都の近くはあまり治安がよくなさそうだから、思い切って海辺に移住してみるのもいいかもしれない。

「それで、わたしの事情なんですが」

食事を終えたあと、ラネはそう切り出した。

「わたしとエイダーは同じ村出身の幼馴染なんですが、実はそれだけではなくて」

言葉を選びながら、慎重に話を進める。

「5年も前のことですが、あの、彼と結婚の約束をしていたことがありました」

「何？」

気遣わしそうにラネを見ていたアレクの視線が、瞬時に険しくなる。

「……っ」

ランディと対峙していたときもそうだったが、彼の怒りはとても恐ろしい。自分に向けられてはいないとわかっていても、血の気が引く思いがする。

「……すまない。君を怖がらせるつもりはなかった」

アレクはそう言うと、椅子に深く座り直した。

こちらの様子を窺《うかが》うような表情に、本当の彼はとても優しい人なのだろうと察せられて、ラネは微笑んだ。

「大丈夫です。ごめんなさい。わたしの話を聞いてくださっていたのに」

勝手に怖がって気を遣わせてしまうなんて、失礼だった。そう反省したラネは、笑顔のまま話を続ける。

「たいしたことのない話なんです。わたしたちは幼馴染の中でも仲がよくて、田舎の村のことだから、他に相手もいなくて、そんな話になっただけです」

本当はエイダーに結婚を申し込まれたのだが、そこまで詳しく話すことはないだろうと、ラネはあえてそう言った。

「でも、エイダーが村を出てから、だんだん手紙が来なくなりました。そのうちエイダーは魔王討伐にも選ばれるようなすごい人になったんです。だから自分でも、このまま結婚することなんてあり得ない、とわかっていましたから」

「エイダーから、婚約を解消しようと申し入れが？」

ラネは俯《うつむ》いたまま首を振った。

「いいえ。何も聞いていません。昨日、突然エイダーの両親から、聖女様と結婚することが決まったと告げられました」

がたんと音がして顔を上げると、アレクが立ち上がっていた。

「明日の結婚式は、執り行われるべきではない。すぐに中止するべきだ」

「え、あの。待ってください」

ラネはそのまま飛び出して行きそうなアレクの腕に縋りついて、必死に止めた。

「結婚式はもう明日です。今さら中止なんてできません」

しかも、王城で執り行われる剣聖と聖女との結婚式だ。

だがアレクは考えを改めなかった。

「エイダーの行為は、完全に君に対する裏切りだ。しかも正式に解消をするどころか、謝罪もないなんて、許されることではない」

彼はラネの目をまっすぐに見つめて、そう告げる。

強い瞳だった。

正義感に溢《あふ》れ、弱い者が虐《しいた》げられることをけっして許さない。

きっと彼ならば、本当に明日の結婚式を中止にしてしまうだろう。

アレクが誰なのか知らないまま、ラネはそう思う。だから必死に止めた。

「聖女様はきっと何も知りません。明日の結婚式を、とても楽しみにしていらっしゃるでしょう。それなのに前日に中止するなんて、わたしはそんなひどいことを望んではいません」

「だがアキも聖女であるならば、誰かを犠牲にすることなど許されない。聖女だからこそ、君のしあわせを最優先にするべきだ」

そうきっぱりと告げる姿は高潔で、アレクが人の上に立つべき人間であると示していた。彼は自分をただの平民だと言っていたが、とてもそうだとは思えない。

そんな彼の高潔さは、傷ついたラネの心を優しく労《いたわ》ってくれた。

エイダーとは、もう住む世界が違う。

しかも、相手は世界を救った聖女様だ。だから、周囲の人たちもラネ自身も、自分が諦めるのが当たり前だと思っていた。

けれどアレクは、そうではないと、ラネが身を引く必要などないと言ってくれた。

ラネは両手を組み合わせるようにして、目を閉じる。

(それだけで、もう十分だわ)

彼の言葉だけで、ラネの心は救われた。

「わたしは、エイダーを取り戻すことを望んでいません」

だから、きっぱりとそう告げることができた。

「確かに、昔はエイダーのことが好きでした。けれどその愛も、彼の裏切りによって跡形もなく消え去りました。わたしはもう、エイダーとの未来を望んでいませんから」

5年も婚約をしていたのに、結婚すると聞かされたのはエイダーの両親からだった。

彼らだけではなく村の人たちもすべて、ふたりの婚約をなかったものとして扱った。

謝罪どころか、エイダーはラネの存在を自分の中から抹消したのだ。

どうして、そんな人を愛し続けることができるだろう。

誰が一緒に生きる未来を望むだろうか。

「……そうか」

アレクはそんなラネの気持ちを理解してくれたようだ。ゆっくりと椅子に座り直すと、ラネを見つめた。

「君の方が、エイダーを見限ったんだな」

ラネは静かに微笑んだ。

「はい。もうエイダーは必要ないんです」

強がりでも、諦めでもない。

それはラネの本心だった。

「わたしはこのまま村には帰らずに、この辺りで仕事を探して、ひとりで生きていくつもりです。もう彼と関わることもないでしょう」

「最後にエイダーと会わなくてもいいのか？」

気遣うような優しい声に、ラネは頷く。

「そうですね」

最後に一言だけ、何か言いたい気もする。

けれど、相手は聖女と結婚する剣聖だ。結婚式でも話すことなどできないだろう。

「きっと結婚式でも遠くから見るだけでしょうから、それで十分です」

だから、祝賀会のパートナーになったりしたら、アレクに迷惑をかけてしまうかもしれない。

自分から無理に聞き出しておいて申し訳ないが、こういう事情だったのだと説明した。

「……そうか」

アレクはそう呟《つぶや》いたきり、黙り込んでしまった。

それはパートナーの当てが外れたことに悩んでいるというよりも、ラネのために何かできないか、考えてくれているようだ。

悲しくつらいことが続いたが、彼のような人間に出会えたことは幸運だった。

素直にそう思う。

「俺なら、エイダーに会わせることができる」

しばらくして、アレクはぽつりとそう言った。

「え?」

「会ったら文句を言うなり、一発殴《なぐ》るなりしたらいい。責任は俺が取る」

「そ、そんなことは。アレクさんに迷惑をかけてまで、会いたくはないですから」

慌てて否定したが、彼はラネの手を取った。急に手を握られて、どきりとする。

「あの……」

「君にはその権利がある。美しく装って、最後に別れを告げてやれ。エイダーもきっと、失ったものの大きさに気が付いて後悔するだろう」

「美しく……」

ふと、宿に置いてきた、明日のためのワンピースを思い出す。

ラネにとっては一番上等な服だが、王都では普段からもっといい服を着ている人ばかりだ。ましてや聖女の結婚式なのだから、参列者は着飾っていることだろう。

あのワンピースで参列して、周囲から嘲笑される様《さま》を想像してしまい、居たたまれなくなる。

「でも、アレクさんにご迷惑を」

「俺のことは気にしなくていい。むしろパートナーになってくれると助かる。それに王都では、身元引受人がいないと仕事を探すのは難しいかもしれない。俺が引き受けよう。仕事探しも手伝うよ」

「そんな、そこまでお世話になるわけには」

ラネはアレクの言葉を遮《さえぎ》って、首を大きく振る。身元引受人が必要なことは知らなかった。でも、そこまで彼に迷惑をかけるわけにはいかない。

そう伝えても、アレクは引き下がらなかった。

「君が許しても、俺はエイダーを許せない。このまま君と別れてしまうのも心残りだ。それに、もし俺が彼を選ばなかったら、こんなことになっていなかったかもしれない。その責任を取らせてくれ」

「選ぶ？」

「ああ。俺が、魔王討伐パーティにエイダーを選んだ。本人の強い希望があったとはいえ、彼でなければならない理由はなかった。もし選ばれなかったら、エイダーは君のもとに帰っていたかもしれない」

魔王討伐パーティのメンバーを選べるのは、女神より天啓を受けし勇者のみ。

ラネは目を見開いて、目の前のアレクを見つめた。

まさか、と小さく呟く。

噂は何度も聞いたことがあった。魔王を倒した勇者は、金色の髪をした美しい男である。どんな苦境にも真正面から立ち向かう、意思の強い高潔な人物だ、と噂されていた。

何よりも彼は、魔王を封印したのではなく、打ち倒した初めての勇者だ。

封印は100年ほどの効果しかないが、打ち倒したために、次の魔王が誕生するまで1000年はかかるというのが、教会の予想であった。

そんな偉業を達成したからこそ、魔王討伐パーティの面々は、剣聖、大魔導、聖女の称号を得ることができた。そのパーティのリーダーでもある勇者が、目の前に立つこの人なのか。

「勇者アレクシス様？」

震える声でそう呟くと、彼は少し悲しそうな顔をして首を横に振る。

「アレクと呼んでほしい。それが俺の名前だ。アレクシスは、勇者らしくないからと、国王に勝手につけられたものだ」

「はい、わかりました。アレクさん」

世界を救った勇者を、そんなに気安く呼んでもいいのだろうか。

そう思ったが、彼が望んでいるのだからと、今まで通りに呼ばせてもらうことにした。

「ありがとう。永遠ではないものの、魔王は滅び、1000年の平和が約束された。俺の役目はほとんど終わっている。明日の結婚式が終わったら、故郷に帰って静かに暮らすつもりだ」

エイダーは剣聖の称号を得て聖女を娶《めと》り、爵位と領地を賜るという。

もうひとりの仲間である大魔導も、王立魔導師になったと聞いた。

それなのに、一番の功績者であるアレクは、何も望まず、静かに王都を去ろうとしている。

その高潔さに胸を打たれ、ラネもある決意をした。

「アレクさん。わたしをエイダーに会わせていただけませんか。彼に、最後に言いたいことがあるんです」

「ああ、もちろんだ」

アレクはそう言って、優しい笑みを浮かべた。

2章　聖女の結婚

　これから先、ひとりで生きていくために、エイダーに会って、最後にきちんと話がしたかった。

　だが、相手は剣聖と聖女。本来ならば、もうラネが会える相手ではない。

　それでも、アレクの力強い言葉に不安が消えていく。

「早速だが、明日のことだから、今すぐに準備をしなければ。すまないが、一緒に来てもらってもいいだろうか」

　申し訳なさそうな彼の言葉に、ラネは頷いた。

「はい、もちろんです」

　エイダーに会うことが目的だが、アレクのパートナーを務めるという役目もきちんと果たすつもりだ。

「今夜の宿泊はどこに？」

「王都にある宿に泊まる予定です。確か、緑の時計亭、という名前です」

　思い出しながらそう告げると、アレクは頷いた。

「準備に時間がかかってしまうだろうから、今夜は俺の家に泊まってほしい。もちろん、手伝いをしてくれている女性がひとりいるから、ふたりきりになることはない」

「わかりました。では、荷物を取りに行ってきます」

「いや、エイダーの両親に見つかると面倒なことになりそうだ。人を手配するから、このまま一緒に行こう」

「そうですね……。お気遣いありがとうございます」

確かに、宿を引き払うのなら、他の人たちに何と説明しようかと考えていた。アレクが手配してくれるというのなら、その好意に甘えた方がいいだろう。

食事の支払いも、彼がしてくれた。さすがにそこまでしてもらうわけにはいかないと言ったのだが、彼は聞き入れてくれなかった。

「あの、わたしの分は自分で……」

「いや、誘ったのは俺だからね。それよりも、準備を急がなくては」

時間が惜しいと言われてしまうと、これ以上押し問答をしているわけにはいかなかった。

「ありがとうございました。海鮮料理、とてもおいしかったです」

仕方なく引き下がって食事の礼を言うと、アレクは嬉しそうに笑みを浮かべる。

「そう言ってもらえて嬉しいよ。また食べに来よう」

「はい」

社交辞令だとわかっているが、その言葉を素直に嬉しく思う。

こうしてラネは、アレクに連れられて彼の家に向かった。

エイダーは、王城のすぐ近くにある、貴族の邸宅が並ぶ区域に住んでいるらしい。

だが、アレクの家は王都の街並みの中にあった。

高級住宅街ではあるが、世界を救った勇者のものとしては、地味なくらいだ。

それでもラネにとっては、見たことがないほど大きな屋敷だ。きっとこの辺りは、平民でもかなり裕福な人たちが住んでいるのだろう。

「あら、おかえりなさいませ」

大きくて広い玄関から中に入ると、そう声をかけられた。

ラネの母親よりも少し年上くらいの女性が、アレクを出迎えている。彼女がきっと、ここで手伝いをしているという女性なのだろう。穏やかな笑顔を浮かべた、優しそうな女性だった。

「サリー、ただいま」

アレクはそう答えると、ラネを彼女に紹介した。

「彼女はラネ。明日の結婚式の祝賀会で、パートナーを務めてくれることになった」

そうアレクが紹介してくれた。

「とても美しいお嬢様ですね。ですがリィネ様のドレスでは、少し大きいかもしれません」

「すまないが、明日までに間に合わせてくれないだろうか」

申し訳なさそうなアレクの言葉に、サリーはにこやかに頷いた。

「はい、もちろんです。アレク様が自ら選ばれた女性であれば、協力は惜しみませんわ」

そう答えて、視線をラネに移した。

「初めまして、ラネ様。私はサリーと申します。早速ですが、明日のための衣装合わせをさせていただいてよろしいでしょうか？」

「は、はい。よろしくお願いします」

頭を下げて、そう答える。どうやら彼女が色々と手配をしてくれるようだ。

ここでアレクと別れ、明日のための準備に入る。

広い廊下を歩きながら、サリーは、リィネはアレクの妹で、明日の結婚式にも参列するはずだったが、聖女であるアキと折り合いが悪く、参列を取りやめてひとりで故郷の町に帰ってしまったのだと言う。

「もうドレスも完成して、アレク様のパートナーとして参列する予定だったのですが」

サリーは困ったように笑う。

それがつい昨日のことだというから、アレクも大変だったのだろう。

「あのような方が、どうしてわたしなどに声をかけたのかと思っていましたが、そんな事情があったのですね」

納得して頷いたが、サリーは首を振る。

「アレク様はどんなに困っていても、町で出会った女性にそのようなことを頼むような方ではございません。あの方は、人の本質を見抜きます。ですから、ラネ様だからこそ、声をおかけしたのでしょう」

「わたし、だから？」

きっと、ラネがエイダーと因縁があること。それを解決できるとわかっていて、アレクはラネに声をかけたに違いない。そうでなければ、ただの村娘であるラネが、勇者のパートナーとして選ばれるわけがなかった。

「新たにドレスを仕立てる時間はないので、リィネ様のドレスを手直しすることになってしまいます」

「はい。もちろん大丈夫です」

申し訳なさそうに言うサリーに、それで十分だとラネは頷いた。

アレクの妹、リィネのために用意したというドレスは、鮮やかなコバルトブルーの、とても美しいものだった。

このドレスを、急遽《きゅうきょ》ラネの体型に合わせて直さなくてはならない。それを申し訳ないと言ってくれていたのだ。

だがラネは、これが誰のものでも構わなかった。

むしろドレスよりも、明日のことで頭がいっぱいだ。エイダーに会う前に、アレクのパートナーとしての役目をきちんと果たさなくてはならない。

それでも、目の前に運ばれてきた美しいドレスを見ると、少しだけ怖気《おじけ》づく。

「こんなに綺麗なドレスが、わたしに似合うかしら……」

これは生まれたときから傅《かしず》かれ、大切にされてきた貴族令嬢のためのものだ。ただの村娘である自分が着ても、みっともないだけではないか。

不安になって思わず口にすると、サリーはラネを見つめてこう言った。

「リィネ様はアレク様と同じく、煌《きら》めく金色の髪と澄んだ青い瞳の、とても美しいお嬢様です」

あのアレクの妹ならばきっとそうだろうと、頷く。

サリーはそんなラネを鏡の前に導いた。

「ですが、ラネ様も十分、お綺麗ですよ」

「そんなことは……」

「さあ、顔を上げてください」

そう言われて顔を上げる。

大きな鏡には、ラネの全身が映っていた。

肌は白いが、背はそれほど高くなく、小麦色の髪に、少しだけ珍しい紫色の瞳。

「ラネ様は王都出身ですか？」

「いえ、キキト村です。北の方にある、とても小さな村です」

「そうですか。だからこんなに肌が白いのですね」

キキト村は北の山間にある。

サリーが納得したように、冬になると雪が積もり、春になってもなかなか解けないような不毛の土地だ。

だからラネは畑仕事よりも、家の中で手作業をしている方が多かった。

村の名産は、女性たちが数人がかりで仕上げる刺繍《ししゅう》の絨毯《じゅうたん》だった。ラネもほとんど屋内で仕事をしていたから、村の男性たちのように日焼けはしていない。

「白い肌に、コバルトブルーのドレスは映《は》えますよ。小麦色の髪も、優しいお顔立ちにとてもよく似合っております。アメジストのような美しい瞳には、誰もが目を奪われるでしょう」

そう言われて、とっさに髪に触れる。

「くすんだ色で、地味だとからかわれました」

昔を思い出して、そう苦笑する。

さすがに婚約していた頃のエイダーはそんなことは言わなかったけれど、他の幼馴染たちにはよく、地味だと噂されていたことを知っている。

「派手ならいいと考えるのは、ただの愚か者です。ラネ様はとてもお綺麗ですよ」

「……ありがとうございます」

今だけは、柔らかくそう言ってくれたサリーの言葉を、魔法のように信じよう。そうすれば、勇者のパートナーも務められるような気がする。

リィネは背が高いようで、ドレスの丈を直す必要があった。他にも肩が緩すぎるので、そこも直さなくてはならない。

サリーはそれをアレクに報告し、急いでお針子を手配したようだ。

他にも、髪飾りなどの宝石類を選び、髪型を決める必要があった。

若く未婚なので、あまり肌を晒《さら》さない方がいいだろうと、髪は一部だけを結い上げて、あとは背中に垂らすことになったようだ。

すべての準備が終わったのは夜中過ぎ。

集められたお針子たちは、これから徹夜で仕事をするのだろう。

ラネもまた、ここで終わりではなかった。

今度はお風呂に入れられ、肌を磨かれる。それが終わると、少しでも眠った方がいいと言われて、寝室に案内された。

寝不足は肌の敵らしい。

「すごい部屋……」

案内されたのは、ラネが住んでいた家よりも大きな寝室である。

床には絨毯が敷かれ、その刺繍の見事さに思わず目を奪われる。キキト村に伝わる紋様とはまた違う。どこの地方のものだろうか。じっくりと眺めたあと、ようやく部屋の中を見渡した。

広い寝室には大きな寝台があった。３人くらいは並んで寝ることができそうだ。そっと腰を下ろしてみると、柔らかく沈み込む。

（こんなところで眠れるかしら？）

心配だったが、さすがに慣れないことばかりで疲れていたようだ。

少しだけ横になるつもりが、あっという間に意識は途切れ、ラネはそのまま眠ってしまった。

ラネがすっかり寝入ってしまったあと。

彼女の部屋の前に、サリーが立っていた。彼女は扉を少しだけ開けて、ラネが寝台で眠っていることを確認すると、起こさないように気遣いながらそっと扉を閉める。

「……まさかアレク様が、女性を連れて帰られるなんて。キキト村の、ラネ様。あの方にお知らせしなければ」

小さくそう呟いたサリーは、思いやるような、深く同情しているような顔をしてラネの部屋の扉を見つめ、立ち去っていった。


朝になってからは、昨日とは比べ物にならないくらい忙しかった。

結婚式は昼頃から。

そして、祝賀会は夜に開かれるらしい。

ラネがアレクのパートナーとして必要となるのは夜の祝賀会だから、昼に執り行われる結婚式には参列しないことにした。

もともと、行くつもりなどなかった結婚式だ。

それに、結婚式には幼馴染たちも参列する。彼らに見つかってしまえば、いきなり荷物を引き払っていなくなった理由を問い詰められるだろう。

アレクと一緒にいるところを見られてしまうのも、色々と都合が悪い。

だからエイダーには、そのあとの祝賀会で会うつもりだ。

さすがにアレクは結婚式に不参加というわけにはいかないらしく、ラネに挨拶をすると、すぐに屋敷を出ていった。

勇者用に仕立てられた華やかな礼服は彼によく似合っていて、思わず見惚れてしまったくらいだ。

ラネの出番は夜なので、少しはゆっくりできると思っていたが、どうやらそうではないらしい。起きてから軽く朝食を食べたかと思うと、またお風呂に入れられ、髪も念入りに洗われた。手入れの仕方もよくわからないラネのために、サリーが手伝ってくれたが、さすがにお風呂で他人に見られてしまうのは、少し恥ずかしかった。

(貴族のご令嬢にとっては普通のことで、恥ずかしいと思うことはないのかもしれないけど)

彼女たちは、着替えさえもひとりではしないらしい。

だが、平民であるラネにとっては、相手が母親ほどのサリーでなければ、何とかして辞退していたかもしれない。

そのあとは手直しをしてもらったドレスを試着して、これから細かい箇所を修正していくようだ。

一晩でドレスは驚くほど着やすくなっていた。

「すごい……」

普段は刺繍の仕事をしているラネは、貴族の令嬢たちのドレスを手かけるお針子たちの腕に、素直に感嘆した。

着たドレスを最後の調整のために脱いで、サリーにお茶を淹《い》れてもらって、ようやくひと息つく。

ドレスが仕上がるまでの間、サリーは出会ったばかりであまり彼のことを知らないラネのために、アレクについて色々と話してくれた。

彼もまたエイダーと同じように、勇者に選ばれるまでは冒険者として魔物退治をしていたようだ。この屋敷はエイダーたちのように国が用意してくれたものではなく、アレクが冒険者だった頃に購入したものらしい。

「この区域に家を購入されたのは、一緒に暮らしていたリィネ様のためです。王都はあまり治安のいい場所ではありませんから」

「そうだったんですね」

ラネは頷く。

確かに、あんなに人の多い大通りから少し離れただけで危険が多かった。

依頼で家を空けがちなアレクにとって、妹を安心して置いていける場所が、この高級住宅街だったというわけだ。

アレクの両親は、ふたりがまだ幼い頃に既に亡くなっていて、彼は妹を育てるために冒険者になったようだ。

彼の実力が評価されるにつれ、王都からの依頼が多くなってこちらに移り住んだようだが、リィネは海の見えない王都は嫌だと、何度も故郷の町に帰っていたらしい。

そして昨日もまた、大聖堂で聖女と口論になったようで、故郷の町に帰ってしまったということだ。

「おひとりで、大丈夫なのですか？」

聖女と口論したことよりも、アレクの妹がひとりで行動しているのかと気になって尋ねる。

するとサリーは、リィネには護衛として、女性の魔導師が常に傍にいると教えてくれた。

基本的に護衛の女性はリィネの行動には口出ししないようで、昨日も、故郷に帰ると言った彼女に黙って付き従っていたらしい。

話し終えたサリーは、今度はラネの番だとでも言いたげに、アレクとどうやって出会ったのか聞きたがった。

「実は……」

すっかり彼女と打ち解けたラネは、アレクが信用している人ならば問題ないだろうと、王都に来た経緯、そして、アレクとの出会いをすべて打ち明けた。

「そうだったのですね……」

エイダーとの関係を聞き、眉を顰《ひそ》めたサリーは、こう言ってくれた。

「そんな不実な人と結婚しなくて正解ですよ。今日はその男が後悔するくらい、綺麗になって会いに行きましょうね」

「ありがとうございます」

ラネは微笑んだ。

不思議と、昨日までの不安は消えていた。

きっとあの綺麗なドレスのお蔭だ。美しく着飾ることは、女性にとっては武装と同じなのかもしれない。

完璧に仕上がったドレスを着て、髪を整えてもらう。肌が白くて綺麗だからと、あまり化粧はせずに軽く口紅などを塗ってもらって、それで完成である。

「さあ、できましたよ」

ラネはサリーに手を取られて、鏡の前に立った。

目にも鮮やかな、コバルトブルーの美しいドレス。

ラネが豪奢な金髪で派手な顔立ちだったら、少し目立ちすぎていたかもしれない。

けれど落ち着いた小麦色の髪と薄化粧が、上品に美しく見せている。

「とてもお綺麗ですよ」

サリーの言葉はお世辞などではなく、心からそう言ってくれているのがわかった。

「色々とありがとうございました」

礼を言って頭を下げると、本番はこれからですよ、と優しく言われた。

彼女の言うように、これからエイダーに会いに行くのだ。

祝賀会は夜からだが、夕方には王城に行かなくてはならないらしい。

身支度を整えてアレクの迎えを待っていると、陽が傾きかけた頃に、アレクが帰ってきた。

彼はドレス姿のラネを見ると驚いたように目を瞠《みは》り、その場で立ち止まってしまった。

少し顔が赤いように見えるのは、夕陽のせいだろうか。

「アレク様」

サリーが少し呆れたように、彼の名前を呼ぶ。

「見惚れる前に、言うことがありますでしょう？」

そう言われて、彼は我に返ったようにラネを見つめ、そして柔らかく微笑む。

「似合っている。とても綺麗だ」

そう言われてラネも、まるで少女のように頬を染めた。

「ありがとう、ございます」

アレクの視線がいつまでもラネに向けられているものだから、恥ずかしくなって俯いた。

「女性をいつまでも不躾に眺めてはなりませんよ」

サリーに注意されて、彼はようやくラネから視線を外した。

「すまない」

「い、いえ」

ぎこちなく言葉を交わすふたりを、サリーはにこやかに見つめている。

「でも、安心しました。私がここで働き始めてからずいぶん経ちますが、女性の影など欠片《かけら》もありませんでしたからね。てっきり、興味を持てないのかと」

「興味がないわけではないが」

ばっさりと言ったサリーに困ったように笑いながら、アレクは視線を窓の外に向ける。

「俺には使命があったから、大切な人など作れなかった。本来なら、生きて戻る予定ではなかったから」

その言葉に、ラネは思わず息を呑んだ。

この世界では、魔王の封印のために１００年に一度、勇者が生まれていた。

そして魔王を封印するために、勇者は身命《しんめい》を賭《と》す必要がある。

それが何百年も繰り返され、今まで何人もの勇者が命を落としている。

彼らは世界を救う英雄ではなく、平和のための尊い犠牲であった。

アレクは魔王を倒した初めての勇者だ。もし倒せていなかったら、彼もまた他の勇者と同じ運命を辿《たど》っていたに違いない。

魔王が討伐されたと聞いたとき、これでエイダーが帰ってくる、としか思わなかった自分を、ラネは恥じた。

アレクは命を賭けて、この世界を救ってくれたというのに。

「ご無事で、よかったです」

自分のことしか考えていなかった謝罪。そしてありったけの感謝を、その一言に込めて伝える。

アレクは驚いた様子だったが、それでもありがとうと微笑んでくれた。

魔王は倒され、少なくとも1000年の平和が約束されている。使命を果したアレクは、これからは自由に生きることができるのだ。

サリーに見送られ、ラネはアレクとともに馬車で王城に向かった。

城を守る騎士も、すれ違う侍女たちも、皆、アレクとともに歩くラネにまで、丁重に頭を下げてくれる。

見覚えのある王立魔導師団の団員とも遭遇したが、彼らもまた、村に来たときとはまったく違う態度で、穏やかな表情で敬意を示していた。

これは単に彼らが村の人たちを田舎者だと侮ったのではなく、エイダーとアレクの差なのかもしれない。

控室に案内され、アレクはラネのために椅子を引いてくれた。そこにゆっくりと腰を下ろすと、王城の侍女が紅茶を淹れてくれる。

（ええと……）

こんなときの作法など何も知らない。戸惑っていると、アレクが侍女に声をかけ、退出させてくれたようだ。

「すみません。わたし、何も知らなくて」

恥ずかしくなって俯いたが、アレクは気にすることはないと言ってくれた。

「今まで覚える必要のなかったことだから、仕方がない。俺もリィネも、最初はかなり苦労したよ」

そのときの失敗談などを語ってくれて、ラネの緊張を解《ほぐ》してくれる。

「こんなにいい香りの紅茶、初めてです」

「気に入った？」

「はい、とても」

テーブルの上にはチョコレートも置いてあって、祝賀会が開催されるまでの時間を、ゆったりと過ごすことができた。

もうそろそろ始まるだろう。

そう思っていたとき、ふいに部屋の扉が叩《たた》かれた。

「すまない、アレク。少し聞きたいことが……」

返答も待たずに扉は開かれ、ふたりの青年が中に入ってきた。

「……きゃっ」

ラネは驚いて、びくりと身体を震わせる。

「えっ」

彼らもまた、ラネがいたことに驚いたようだ。ふたりとも足を止め、狼狽《うろた》えたように部屋の中を見渡す。

どちらも見目麗《みめうるわ》しい、華やかな容姿をしていた。

先に入ってきた青年は、輝く銀色の髪に、青い瞳。

もうひとりは、色素の薄い金色の髪に緑色の瞳をしていた。ふたりはどことなく似ているので、血縁かもしれない。

「アレク？」

「俺はここだ。パートナーを連れて行くと話したはずだが？」

ラネのために紅茶のおかわりを淹れてくれていたアレクが、茶器を片手に呆れるような声で言う。アレクは酒よりもお茶を好むようで、淹れるのも好きらしい。それで下がらせた侍女の代わりに、紅茶を淹れてくれていたのだ。

村の男たちは大抵が大酒飲みで、酔って女性に絡んでくる者もいる。だから酒にはあまり良い印象がなかったから、それを聞いて何となく嬉しかった。

「……確かに言っていたが、てっきり女性を近付けないための嘘だと……」

銀色の髪の青年は、まだ呆然《ぼうぜん》としたままそう呟き、それから我に返ったようにラネに謝罪した。

「女性がいると知っていれば、こんな乱暴な訪問はしなかった。失礼を許してほしい」

丁寧《ていねい》にそう謝罪されて、慌ててラネは首を振る。

「い、いいえ、そのような。わたしも声を上げたりして、申し訳ございませんでした」

「謝罪を受け取っていただけると？」

「はい、もちろんです」

そう答えると、彼らはようやく安堵したように表情を緩めた。

「名前をお伺いしてもよろしいでしょうか？」

薄金色の髪の青年に尋ねられ、ラネは名前を告げた。

「ラネと申します。平民ですので、姓はありません」

そう言っても、彼らは驚いた様子は見せなかった。貴族の女性ではないと、最初から気付いていたのかもしれない。

「ラネか」

銀髪の青年はラネの名を呟くと、華やかな笑みを浮かべた。

「こんなに清楚《せいそ》で美しい人は久しぶりに見た。最近は、派手ならいいと思っている女性が多くてね。辟易《へきえき》している」

アレクのパートナーなのが残念だと告げられて、困惑しているとアレクに庇われた。

「王太子殿下、ラネをからかうのはやめてください」

「お、王太子殿下？」

ラネは、震える声でそう呟く。彼は、このギリータ王国の王太子殿下なのか。

王城で開かれた祝賀会に参加するのだから、遠目で見ることはあったかもしれない。けれどそれほど身分の高い人に、こんなところで会うとは思わなかった。

言葉もなく必死に頭を下げるラネに、王太子は残念そうな顔をする。

「そんなに簡単にばらしてしまったら、彼女と打ち解ける機会がなくなってしまう」

せっかく仲よくなろうと思ったのに。

からかうようにそう言われて戸惑うラネの前に、アレクが立ちはだかった。

彼の広い背に庇われて、どうしたらいいかわからずにいたラネはほっとする。

「ラネも慣れない場所で緊張していますので、そこまでにしてください。昨日出会ったばかりだというのに、必死に懇願してようやく連れてきたのですから」

「懇願……。まさか、アレクが？」

ラネを庇うアレクの言葉に、王太子と薄金色の髪の青年は衝撃を受けたようだ。ラネとアレクの顔を、何度も交互に見ている。

「てっきり、リィネの友人かと」

彼らはラネを、アレクの妹の友人だと思っていたようだ。

確かに、急に見知らぬ女性を連れてきたのだ。妹が急遽欠席したので、その友人にパートナーを頼んだと思うのも当然かもしれない。

「いや。出会った瞬間に彼女しかいないと思い、跪いて懇願した」

それなのにアレクは、さらにそんな発言をする。

「アレクさん！」

思わず彼の腕を引いて、声を上げる。

まったくの嘘ではないが、そんなふうに言うと、アレクがラネにひとめ惚れしたように聞こえてしまう。

その証拠に、からかうように笑っていた王太子が、ふと真顔になった。

「……そうか。ならば我々も、相応の礼を尽くさねば」

彼はそう言うと、真摯《しんし》な顔のままラネに向き直った。

「私はクラレンスという。殿下などと言わず、そう呼んでほしい」

「え」

さすがに不敬だと思うが、本人からそう言われてしまえば、それを拒絶することもできない。

狼狽えながらも、承知したと言うしかなかった。

「私はファウルズ公爵家のノアだ。私のことも、ノアと呼んでくれ」

薄金色の髪の青年もそう言う。

「かしこまりました。クラレンス様。ノア様」

王太子殿下に、公爵家の嫡男。

平民で、さらに田舎の村娘であったラネにとっては、遠目で見ることさえ叶《かな》わなかったであろう人たちである。そんな彼らに名前で呼んでほしいと言われ、ラネはどうしたらいいかわからないくらい動揺していた。

「アレクさん……」

頼りにできるのは彼しかいない。

煌びやかな礼服の裾を掴み、懇願するように見上げて名前を呼ぶ。

するとアレクは、困惑していたラネが安堵して泣き出しそうになるくらい、優しい顔でラネに微笑む。

「俺が傍にいる。だから、何も心配することはない」

アレクは勇者であり、弱い者の味方だ。

狼狽えているラネが哀れになって、守らなくてはと思ったのだろう。けれどその力強い言葉は、ラネの不安をすべて消してくれた。

「……ありがとうございます」

差し出された手を握り、その温もりで心も落ち着いて、ようやく笑みを浮かべられるようになった。アレクはほっとしたようで、いつまでいるんだと言いたげな視線をクラレンスとノアに向ける。

「急に尋ねてきてすまなかった。けれど、君と知り合えてよかった」

その視線の意味を正確に受け取ったらしいクラレンスは、ノアと顔を見合わせてこう言った。

「ラネ、きっと今夜はあなたが主役になるだろう。大変かもしれないが、楽しんでほしい」

そう言うと、あっという間に立ち去っていく。

(主役？　今日の主役は、エイダーと聖女様だと思う……)

その言葉を不思議に思って首を傾《かし》げるラネに、アレクは気にするなと言って肩に手を置く。

「それよりも、そろそろ祝賀会が始まるだろう。エイダーを殴る準備はできているか？」

「な、殴りませんよ？」

ただ一言、伝えたい言葉があるだけだ。

そもそも本日の主役を殴ったりしたら、祝賀会が台無しだ。さすがに、何も知らないだろう聖女に申し訳ない。

「そうか。ならば代わりに俺が」

「駄目です！」

勇者が聖女と結婚する剣聖を殴ったりしたら、それこそ大問題だ。

慌てて彼の腕を引いて止める。

「ただ、エイダーに言いたいことがあるだけです。それを言ったら、もう彼のことは忘れるつもりです」

もう恋心も幼馴染の情もないけれど、最後のけじめだ。彼の妻となった聖女も、それくらいは許してほしいと思う。

「わかった。俺はそれを見守っていよう」

「ありがとうございます」

彼が傍にいてくれるのなら、これほど心強いことはない。


それからしばらくして、とうとう祝賀会が始まった。

見渡すほど広い会場に、着飾ったたくさんの人たちが集《つど》っている。

皆、競い合うように派手な色のドレスや多くの装飾品を身に付けていて、あれほど豪奢だと思っていたラネの装いが少し地味に思えるくらいだ。

外はもう暗闇に包まれていたけれど、天井には大きなシャンデリアが煌めいて、眩しいくらいだ。

とても華やかで、どこもかしこも美しい。

夢のような空間だった。

祝賀会は剣聖エイダーと聖女アキの結婚式を祝うのはもちろんだが、魔王を討伐し、1000年の平和が約束されたことも祝するパーティだった。

だから剣聖と聖女だけではなく、勇者であるアレクはもちろん、大魔導師も主役となる。そんなアレクのパートナーであるラネも、気が付けば彼の隣で大勢の人たちに囲まれていた。

（こ、こんなの聞いていない……）

困惑してアレクにしがみつくと、初々《ういうい》しいだの、可憐だのと誉め言葉が飛んでくる。

エイダーと聖女も同じように囲まれているようで、会場に入ってからまともに姿も見ていなかった。

これでは声をかけるどころか、5年ぶりの幼馴染も、彼の妻となった聖女も見ることができないのではないか。

そんなことを考えて焦っていると、ふいに目の前が開けた。

顔を上げると、先ほど別れたクラレンスとノアが、ふたり揃ってこちらに向かって歩いてきた。

「アレク、ラネ嬢。先ほどは失礼をした」

にこやかな笑みを浮かべてそう言うクラレンスと、無言で頭を下げるノア。

この国の王太子とその側近候補である公爵令息が合流したことで、ラネの周囲にはますます人が集まっていた。

勇者であるアレクのパートナーだからか、貴族の令嬢たちも平民にすぎないラネに好意的に接してくれる。

「そのドレス、とても綺麗ですね」

装いを褒《ほ》められて、ありがとうございますと、控えめに答える。

「ドレスやアクセサリーだけを見るとシンプルすぎるほどなのに、あなたが着ると清楚で美しいわ」

「ラネ嬢、ぜひそのスタイルを流行《はや》らせてほしい。我が国の女性たちはとても美しいが、少々眩しすぎる」

クラレンスの言葉に、令嬢たちはそれぞれ自分のドレスとラネを見比べている。

どうやら王太子は、シンプルな装いの方が好ましいと思っているようだ。これで次以降の夜会では、清楚なドレスが流行るかもしれない。

だが、ラネがそれを見ることはないだろう。こんなドレスを着るのも今回限りだ。

「あら、あの方々は？」

その輪の中にいたひとりの貴族令嬢が、会場の隅を見てそう尋ねる。ラネも視線を向けると、そこにいたのは、一緒に王都に来た幼馴染たちだった。

（どうして祝賀会に？）

結婚式には大勢の人たちが招かれていた。

聖女アキが滞在していた大聖堂の関係者や、エイダーの冒険者仲間。そして、故郷の村人たちだ。だが彼らは結婚式に参列するだけで、王城には招かれていないはずだ。

それなのに、どうしてここにいるのか。不思議に思うラネの耳に、別の令嬢の声が届く。

「それが、聖女様が招いたそうですよ。ぜひ参加してほしいと」

(聖女様が？)

エイダーの妻となった聖女は、彼の故郷の人たちを大切にしてくれたのかもしれない。だが王城のホールで開催される祝賀会には、結婚式とは違い、貴族階級の者しかいないのだ。

正装もしておらず、王都に暮らす平民よりも質素な服装の彼らは、とても居心地が悪そうだ。

会場の隅に集まり、どうしたらいいかわからないような顔で俯いている。アレクと出会わなければ、ラネもあの中にいたのかもしれない。

「そうでしたの。ですが、むしろお気の毒のような。せめて、装いくらいは整えて差し上げた方が……」

最初に尋ねた令嬢が同情してそう言うと、また別の令嬢が少し声を潜めて言った。

「それが、聖女様は故意にそう指示されたご様子よ。結婚式のあと、彼の故郷の人たちが馴れ馴れしい。もう住む世界が違うのだから、きちんと立場をわきまえてほしいと」

「まぁ……」

「聖女様がおっしゃるには、貧しい村だからお金を要求されても困る。それに、エイダー様に一方的に好意を持って、勝手に婚約者を名乗る女性もいるそうですわ」

「そんなことが……」

令嬢たちは眉を顰めていたが、ラネはその言葉を聞いて唇を噛みしめる。

（聖女様が、そんなことを？）

よく見れば、質素な恰好《かっこう》をしているのは幼馴染たちだけで、エイダーの両親はふたりともきちんと正装している。

キキト村は確かに山奥の鄙《ひな》びた村だが、名産である刺繍の絨毯が高値で売れるので、それほど貧しくはない。いくらエイダーが出世したからとはいえ、お金を要求する者などいるはずがない。それに勝手に婚約者を名乗る女性とは、もしかして自分のことだろうか。

（エイダー。わたしのことを、聖女様にそんなふうに話していたの？　あなたにとって、そんなに厄介《やっかい》な存在になってしまったの？）

聖女は村の人たちや、ラネのことを何も知らない。だからエイダーがそう説明したのだろう。

かつての婚約者の悪意に、胸が痛んで泣き出しそうになる。

ふと、エスコートのために回されていたアレクの腕に、力が入っていることに気が付いて顔を上げた。

「アレクさん？」

彼は厳しい顔をして、エイダーと聖女のいる方向を見ていた。

アレクは聖女の仕打ちと、そんなことを話したエイダーに憤っている。

令嬢たちが話していたエイダーの自称婚約者が、ラネのことだと気が付いたのだろう。

「あの、待ってください」

今にもエイダーに詰め寄りそうなアレクの腕に手を添えて、ラネは必死に彼を止めた。

「わたしの話を信じてくださるのですね」

そう続けたラネに、アレクは表情を緩める。

「ラネ？」

「パーティの仲間である聖女様とエイダーよりも、会ったばかりのわたしの話を信じてくださって、ありがとうございます」

ラネがエイダーにつきまとっているだけで、被害者はエイダーの方である。そう思われても仕方がない状況だった。

ラネはただの村娘で、エイダーは魔王討伐の偉業をともに達成した仲間なのだ。

けれど、アレクはラネの言葉を信じてくれた。

そしてエイダーの仕打ちに怒りを感じ、何も言えない村人たちやラネの代わりに、エイダーに詰め寄ろうとしてくれたのだ。

「君の言葉に嘘はない。それくらいわかる」

柔らかい響きの心地よい声に、思わず涙が出そうになる。

「ありがとう、ございます」

どうしてこの人は、こんなにも強くて優しいのだろう。

涙を堪《こら》えて俯いたとき、ふたりの背後から拗《す》ねたような声がした。

「ねえ。本日の主役を無視して、こんなところで集まっているなんてひどいわ」

少し幼い、甘えるような声。顔を上げると、そこには豪奢な純白のウェディングドレスをまとった聖女アキと、彼女をエスコートしているエイダーの姿があった。

(……エイダー)

彼に会うのは、ずいぶんと久しぶりだった。

婚約を一方的に解消されてから、昔のことばかり思い出しているせいだろうか。

目の前に立つ背の高い青年がエイダーであることが、何だか信じられない。

しかも、5年前よりもさらに逞しくなったようだ。幼い頃、泣きながらラネのあとをついてきた面影《おもかげ》は、もうどこにもない。

離れていた年月を感じる。

けれど漆黒の髪に黒い瞳は、確かにエイダーのものだ。

そんな彼の隣にいるのが、聖女アキだろう。エイダーと同じ黒髪に、焦げ茶色の瞳をしてい

る。

（彼女が、聖女様……）

聖女もまた、勇者と同じように１００年に一度くらいの周期で誕生していた。けれど勇者とは違い、魔王が復活しても聖女は生まれないことが何度かあったようだ。

そんなときは数百年前の大魔導師が残した召喚魔法で、異世界から聖女を召喚する。

聖女アキは数年前、その魔法で異世界から召喚された聖女であった。

成人している年齢だと聞いたことがあったが、小柄で幼い顔立ちは、もっと年下に見える。

エイダーの逞しい腕に両腕を絡ませて、拗ねたような視線をこちらに向けていた。

さらに彼女の着ているドレスは、変わった形をしていた。

肩は大きく開き、スカートはかなり短めである。

だが足が見えてしまうことに、羞恥は感じていないようだ。彼女はこの世界の人間ではないので、異世界では当たり前のことなのかもしれない。

「アキ。今日は確かに君たちの結婚式だが、魔王討伐の祝賀会でもある。主役は君たちだけではないよ」

クラレンスが穏やかな声で、諭すようにそう言う。

だが聖女は、その言葉でますます拗ねてしまったようだ。

「だったらアレクシスも私と一緒にいればいいのよ。そうすればみんな、私のもとに集まるでしょう？」

無邪気な声で、聖女は彼をアレクシスと呼ぶ。

「わがままな妹がいなくなって、ひとりで寂しいでしょう？　私が一緒にいてあげる」

そう言ってアレクに手を伸ばしたアキは、ラネの存在に気が付いて顔を顰《しか》めた。

「あなた、誰？」

低く、威嚇《いかく》するような声に戸惑ってアレクを見つめた。彼はそっと背中に手を添えてくれる。

「大丈夫だ」

背中に感じる温もりと耳元で囁《ささや》かれた言葉に勇気づけられて、ラネはまっすぐにエイダーを見上げた。

「エイダー、久しぶりね」

そう声をかけると、隣にいる新妻ばかり見ていたエイダーが、訝しそうにラネを見る。

それでも美しく着飾ったラネがわからなかったようで、首を傾げている。

「君は？」

「何よ、エイダー。知り合いなの？」

不機嫌そうな聖女の声に、彼は慌てて首を振る。

「いや、こんな女性は知らない。君、どこかで会ったかな？」

本当に自分がわからないのだと、ラネはほんの少しだけ泣きたくなる。

「5年ぶりだから、覚えていないのも仕方がないわね」

震える声でそう言うと、アレクが庇うように肩を抱いてくれた。

「ラネ、大丈夫か？」

気遣ってくれたアレクの声に、エイダーが驚愕した様子でラネを見つめた。

「ラネだって？」

すると、傍でエイダーの様子を伺っていた聖女が、怯《おび》えたように彼にしがみついた。

「もしかして、あなたの婚約者を勝手に名乗っていた人なの？　こんなところまで乗り込んでくるなんて、怖い……」

心底怯えたような弱々しい声に、エイダーが彼女を守ろうと背に庇う。

「そんな人が、どうしてアレクシスと？」

聖女の視線が、ラネから彼女の肩を抱いているアレクに移った。

「大方、嘘をついて上手く騙《だま》したんだろう。結婚の約束をしていたのに、捨てられたとか」

「……」

エイダーの言葉に、今までにこやかに話しかけてくれた令嬢たちが、ひそひそと小声で話しながらラネを見る。

「ラネ、こんなところまで乗り込んできて、どういうつもりだ？」

エイダーの声に、周囲の視線がラネに集まる。急に怒鳴られるとは思ってもみなかったラネは、びくりと身体を震わせた。

「今の話は本当か？」

「いや、確かに彼女はエイダーと同じキキト村出身だと報告が……」

クラレンスとノアまで、そんなことを囁き合いながらラネを見つめた。その視線は、先ほどとは比べ物にならないほど冷たい。

「……っ」

周囲には、エイダーの話を信じる者ばかりだ。

それはふたりが聖女と剣聖なので、当然のことかもしれない。

彼らにとってラネは、一方的にエイダーに恋心を抱き、勝手に婚約者を名乗った上に、アレクを騙して結婚式の祝賀会にまで乗り込んできた悪女なのだろう。

疑惑と悪意の視線に晒されて、足が竦《すく》む。

「ラネ」

震えるラネを救ってくれたのは、アレクだった。

「大丈夫だ。俺は君を信じている」

「アレクさん……」

堪えきれなかった涙が滲《にじ》む。

アレクは慰めるように、優しく背を撫でてくれた。

「アレクシス、その女に騙されるな」

「そうよ。何を企んでいるのかわからないわ」

エイダーと聖女がそう言ったが、アレクは鋭い視線をふたりに、そして周囲の人間に向けた。

「俺には、嘘は通用しない。それを忘れたのか？」

「！」

この言葉に、クラレンスとノアの顔色が蒼白になる。

それは周囲の貴族たちも、エイダーも同様だった。ラネは知らなかったが、勇者であるアレクには真実を見抜く力があるのだろう。

「ラネ、もう帰ろう。こんなところに、いつまでもいる必要はない」

失望を隠そうともせずにそう言ったアレクに、ラネはこくりと頷いた。

エイダーに言いたいことがあってここまで連れてきてもらったが、もう彼のことなどどうでもよかった。ただ、この場から逃れたい。

「待ってくれ、アレク」

クラレンスが呼び止める声がしたが、アレクは振り向きもしなかった。そんな彼に連れられて、ラネは会場を出た。

会場を出る寸前に、アレクは一度だけ立ち止まり、まだラネを罵《ののし》っている聖女に視線を向ける。

「アキ。君は召喚された聖女だ。魔王が消滅した今、その力は不変ではない。あまり悪意のある行動ばかりしていると、聖女の力を失うことになるぞ」

「……っ」

その言葉に、聖女は怯んだように口を閉ざした。

「そんなの、嘘よ。でたらめよ。私は聖女なのよ？」

けれどすぐに自分を奮い立たせるように再び喚《わめ》きだしたが、アレクはもう振り返らなかった。

「あの、アレクさん。いいんですか？」

ラネの手を取ったまま、彼女に合わせて歩いてくれる彼に、そっと問いかける。

魔王討伐の祝賀会も兼ねているのに、勇者が不在でいいのだろうか。

ラネは不安に思ったが、アレクは厳しい表情のまま、かまわないと言う。

王城を出るまでにも、貴族や騎士などが必死にアレクを呼び止め、留まるように懇願する。

それでもアレクは、すべて無視して王城を出て行く。

あまりにも早い帰りに驚く馬車の御者に、アレクはすぐに屋敷に戻るようにと告げた。

「わかりましたから、もう少し殺気を抑えてください。馬が怯えて馬車が出せません」

老齢の御者にそう諭され、アレクははっとしたように深く息を吐いた。

「……すまない」

「いいえ。あなたがそんなふうになるなんて、よほどひどいことがあったのでしょう。制止される前に、さっさと帰ってしまいましょう」

御者が上手く馬をなだめてくれたので、すぐに馬車を走らせることができたようだ。

「ラネ、すまなかった。まさかエイダーがあんなことを言うとは思わなかった」

馬車を走らせてしばらく経つと、アレクがそう謝罪する。

「こんなことになるのなら、無理に連れてくるべきではなかった」

後悔を滲ませる彼の言葉に、ラネは慌てて首を振った。

「いいえ、アレクさんのせいではありません。わたしもまさか、あんなことを言われるなんて思ってもみなかったので」

確かにショックで、どうしてあんなことを言われなければならないのかと思うと、涙が零《こぼ》れそうだった。

けれどアレクは、少しも疑うことなくラネの言葉を信じてくれた。

それが救いだった。

悪意によって冷たく凍りつきそうなラネの心を、太陽のような光で守ってくれたのだ。

「……そうか」

アレクはほっとしたように小さく頷き、そうして、考え込むように視線を落とした。

「会ったばかりの頃のエイダーは、あんな男ではなかったのだが」

「そうですね。もう少し繊細で、優しかったと思います」

最初からあんな男だったら、ラネだって婚約などしないし、アレクも魔王討伐パーティの一員に選ばなかっただろう。

少し考えてから、答える。

「昔から身体が小さいことと、弱いことを気にしていたので、力と権力を手にしたことで、暴走してしまったのかもしれません」

エイダーにとって、キキト村と婚約者だったラネは、弱い自分の象徴だった。あの頃の自分を、ラネが思っていたよりもずっと嫌悪しているのかもしれない。

だからこそ、強い言葉と態度で貶《おとし》めようとしていたのか。

（でも……）

よく考えてみると、あんなふうに責められる覚えはまったくない。むしろ文句を言いたいのはこちらの方だと、今さらながら怒りがこみ上げる。

「むしろ、僅《わず》かに残っていた、幼馴染としての情さえもさっぱり消えました」

それに、アレクがこの件に関して罪悪感を持つ必要など、まったくないのだ。

けれど目の前でラネが罵られているところを見たアレクは、そう簡単に切り替えることができないようだ。

「エイダーに伝えたいことがあると言っていた。何を伝えたかったんだ？」

「それは……」

アレクに、エイダーに会わせると言ってもらったときから、心に決めていた言葉があった。

彼と言葉を交わすのも、会うのも、これで最後だから。

「……結婚おめでとう。おしあわせに。そして、さようなら」

ラネは困ったように笑う。

「そう言いたかったんです」

伝えたかったのは、決別の言葉。

もうエイダーに対する恋心はないが、５年間分の想いを忘れるために必要だと思ったのだ。

「でも、言わなくてよかったのかもしれません。実際に会うまで、聖女様は何も知らないのだろうと思っていたので」

実際には、彼女も悪意をぶつけてきた。

だからあの暴言で、そんな感傷など綺麗さっぱり消し飛んでしまった。あんなことを言われてまで彼を想い続けることなど、絶対にあり得ない。だから、告げるまでもなく決別することができてよかったのだ。

「もう家族には話していますから、このまま村には帰らずに、仕事を探そうと思います」

幼馴染たちも、あんな扱いを受けたあと、今まで通りエイダーを称えるようなことはしないだろう。でも、ラネはもう村に帰るつもりはなかった。

「わかった。もちろん身元引受人になるよ。仕事が決まるまで、あの家で暮らしたらいい」

「そんな、そこまでお世話になるわけには」

慌ててそう言ったが、アレクは首を振る。

「ここまで関わったんだから、最後まで見届けさせてほしい。君のことが心配なんだ」

「……ありがとうございます」

そう言われてしまうと、断り続けることはできない。

実際、王都のことは何も知らない。仕事が見つかるまで宿に泊まっていたら、手持ちのお金などすぐに尽きてしまうだろう。

一刻も早く仕事を探すことを誓って、その申し出をありがたく受け入れることにした。

そんな会話をしているうちに、馬車はゆっくりと停止した。

アレクの屋敷に戻ってきたようだ。

彼の手を借りて馬車から降りると、困惑した様子のサリーが出迎えてくれた。

「ずいぶんと早いお帰りですね。何かございましたか？」

「話はあとだ。ラネの着替えを手伝ってほしい」

「は、はい。承知いたしました」

アレクの言葉に、彼女は戸惑いながらも頷く。

「それと……」

サリーが何か伝えようとしたとき、屋敷の奥から声がした。

「おかえりなさい、兄さん。早かったのね」

声とともに姿を現したのは、すらりとした長身の、アレクによく似た美貌の女性だった。

「リィネ、戻ってきたのか？」

その姿を見たアレクが、驚きの声を上げる。

「ええ。あの聖女には腹が立ったけれど、兄さんが困っていると思って」

どうやら彼女が、アレクの妹のリィネらしい。

「でも、必要なかったわね。こんなに綺麗な人、どこで見つけてきたの？」

そう言って笑った彼女は、ラネに向き直った。

「初めまして。私はリィネ。今日は兄さんのパートナーになってくれてありがとう」

その笑顔に、思わず見惚れてしまう。

「いいえ、そんな。わたしはラネです。こちらこそ、アレクさんには色々と助けていただきました」

そうやって互いに挨拶を交わしたあとは、部屋に戻り、サリーに着替えを手伝ってもらう。

「私も手伝うわ。脱いでしまうのがもったいないくらい綺麗だけど、ドレスって窮屈なのよね」

リィネは美しい外見にもかかわらず、気さくで優しい女性だった。

「同じドレスでも、こんなに印象が変わるのね。私はきつい印象を持たれることが多いから、ラネさんみたいに柔らかい雰囲気の女性って羨ましい」

誰が見ても際立った美貌を持つリィネにそう言われて、ラネは恥ずかしくなって俯いた。

「そういう、奥ゆかしいところも好まれるのよね。ラネさん、きっと王都ではモテるわよ」

「そんなことは……」

ラネは困ったように笑う。

婚約者がいたということもあるが、村では褒められたことなど一度もなかった。

「兄さんとどこで出会ったの？」

ふたりに手伝ってもらって着替えが終わり、広い応接間でサリーにお茶を淹れてもらう。

本当はもう誰にも話すつもりなどなかったのに、真摯に、けっして急かすことなく静かに聞いてくれるリィネに、気が付いたらすべて打ち明けていたのだ。

「そうだったの。大変だったね」

すべて聞き終わると、彼女はアレクによく似た顔で優しく笑う。

「ランディも、悪い子じゃないのよ」

路地裏で出会った彼のことをリィネも知っているらしく、そう言いながら困ったような顔をする。

「それにしても、最悪ね。5年も待たせた挙句、一方的に婚約破棄。謝罪すらなく、さらにそんな言いがかりでラネさんを悪者にするなんて」

そこで、向こうも着替えをしてきたらしいアレクが部屋に入ってきた。リィネは兄の姿を見ると、顔を顰める。

「兄さんが悪いわ。どうしてそんな人を魔法討伐パーティに選んだの？　絶対に、そこで自分は特別だって勘違いしてしまったのよ」

「リィネ？」

いきなり責められて、アレクは少し戸惑ったようだが、やがて事情を把握したようで、静かに頷いた。

「ああ。俺もそう思っている。出会った頃のエイダーは剣の腕もよかったが、何よりも正義感が強かった。必ず魔王を倒して、この世界を平和にしてみせると意気込んでいた。まさかあんなふうに変わってしまうとは」

「エイダーは、最初からあんな人ではなかったの。むしろ泣き虫で自分に自信がなくて、子供の頃はわたしが守ってあげていたくらい。だから驚いてしまって」

アレクのせいではないと言いたくて、ラネもそう主張した。

「……それって、あの聖女のせいじゃないかしら」

ふたりの話を聞いたリィネは、ぽつりとそう呟く。

「昔は弱かったのなら、コンプレックスは色々とありそうだし、庇ってくれていたのが自分の婚約者なら、なおさらよね。一見か弱そうな聖女に、あなただけが頼りです、なんて言われたから、気が大きくなってあんなことをしたのかも。人を乗せるのが上手い女性っているから」

ラネは、聖女アキの姿を思い出した。

聖女だというから、優しくて慈悲深い女性だと思い込んでいた。何も知らないだろう彼女に迷惑をかけたくないとすら思っていた。けれど実際は、幼馴染のメグよりも質《たち》の悪い女性だった。ラネがエイダーに罵倒《ばとう》されるのを楽しんでいたようにすら見えた。

「あんな女性が聖女だなんてね」

聖女と揉《も》めて故郷に帰った、と言われていたリィネは、そう呟く。

「アキには、このままでは聖女の力を失うと警告したが……。聞き入れてはくれないだろうな」

魔王が倒されたとはいえ、まだ数多くの魔物が出没している。聖女の力が失われることは、彼女があんな女性だと知っていても恐ろしいことに思えた。

「それにしても、クラレンス様やノア様までラネさんを疑うなんて。彼女がそんな人ではないことくらい見てわかるし、そもそも兄さんと一緒にいるのよ？　もしラネさんが本当にそんな女性だったとしたら、兄さんが見抜くに決まっているのに」

リィネもクラレンスやノアと面識があるらしく、そう憤ってくれた。

だが、ラネにしてみれば出会ったばかりの、本来なら話す機会などなかったくらい高貴な身分の人たちだ。もう二度と会うこともないだろう。そんな彼らに疑われたとしても、とくに何も思わなかった。

「もうお会いする機会などないでしょうから」

正直にそう告げると、リィネはくすくすと笑い出す。

「そうね。気にすることはないわね。それで、ラネさんはこれからどうするの？」

「村には戻らず、この辺りで仕事を探すつもりです」

そう告げたラネの言葉に付け足すように、アレクが身元引受人になること、仕事が見つかるまでここに滞在することを説明してくれた。

「そうだったの。仕事が見つかるまでなんて言わないで、ずっとここにいてくれたらいいのに」

「い、いいえ。そこまでご迷惑をおかけするわけには」

「迷惑だなんて思っていないわ。むしろ嬉しい。私たち、名前も似ているし、姉妹みたいじゃない？」

そう言ったリィネの瞳はきらきらと輝いていて、本当に歓迎してくれていることがわかった。

「じゃあ、早速ラネさんの部屋を決めてしまいましょう。細々としたものを買いに行かなくちゃ。兄さん、明日はラネさんの買い物に行くから、予定を空けておいてね」

「……わかった」

少し呆れたような、それでもひどく優しい顔をしてアレクは頷いた。

3章　新しい生活

それから、以前とはまったく違う日常が始まった。

リィネは、2階にある自分の部屋の隣にラネの部屋を用意してくれた。

広く綺麗な部屋に最初は遠慮したが、この屋敷はすべて同じような部屋だから、と言われて、それを受け入れるしかなかった。

次の日にはアレクを連れて、3人で買い物に出た。

細々とした日用品は、少しは持ってきていたが、足りないものは多い。仕事を見つけたら、少しずつ買い足していく予定であった。

けれど、リィネは嬉しそうに、お揃いにしようと言って、色々なものをアレクに強請《ねだ》る。

妹であるリィネはともかく、自分の分まで買ってもらうわけにはいかないと、ラネは必死に辞退しようとした。

「すまないが、妹のわがままを聞いてやってくれないだろうか」

けれどリィネが商品を選んでいる間に、アレクはそっとラネに囁いた。

「わがままだなんて。でも……」

「リィネは子供の頃、誘拐されかけたことがある。だから心配で、治安のいい場所に住まわせた。だが護衛の魔導師とサリーがいてくれるとはいえ、ひとりの時間が多くて、寂しい思いをさせてしまった」

あれほどの美貌なのだから、少女の頃はそれこそ人形のようにかわいらしかったことだろう。アレクが心配するのもわかる。

そして、年の近いラネの存在に、はしゃいでしまうリィネの気持ちも理解できた。

「わかりました。いずれ、仕事をするようになったらお返ししたいと思っていますが、今は甘えさせていただきます」

「ありがとう。君には無理ばかり言って、すまない」

申し訳なさそうなアレクに、ラネは笑みを向ける。

「いいえ、無理など。わたしもリィネさんのことが好きですから」

明るく朗《ほが》らかで、ラネのために怒ってくれるような優しいリィネは、まるで太陽のようだ。

出会ったばかりだが、もうすっかり打ち解けている。

「ラネさん、これならどっちの色が好き？」

大きなクッションをふたつ掲げて、リィネがそう問いかける。

「どちらも綺麗ね。でもこれなら、こっちかしら」

「私もそう思っていたの。兄さん、これをふたつ。あとは……」

幼馴染はたくさんいたが、一緒に買い物に行くような親しい友人はいなかった。たっぷりと時間をかけて買い物をして、疲れ切ってしまったが、ラネにとってもとても楽しい時間だった。

「うん、たくさん買ったわね」

リィネは満足そうに頷き、ラネを見る。

「ごめんなさい。ついはしゃいで連れ回してしまって。大丈夫？」

「もちろん。わたしも楽しかったわ」

でも歩き疲れたのも事実だ。このあと、公園で少し休むことにした。

「何か飲み物を買ってこよう」

「うん、兄さん。お願いね」

アレクがそう言って公園の周囲に立ち並ぶ屋台に向かい、リィネとラネは並んで公園のベンチに座る。

「ラネさんは、どんな仕事がしたいの？」

「そうね。今までは刺繍の仕事をしていたの。だから縫製関係だと助かるけれど、仕事が見つかれば何でもいいかな。お手伝いでも給仕でも、ある程度はできると思う」

「そっかぁ。ラネさんは器用なのね」

感心したように頷いたリィネは、少し寂しそうに呟いた。

「私も何かしてみたいな。兄さんは大聖堂か図書館にしか行かせてくれないのよ。でも、大聖堂にはあの聖女がいるし」

窮屈になって故郷の町に行くこともあるが、護衛の女性がいつも一緒で、翌日には連れ戻されてしまうことが多いようだ。

アレクはリィネを心配しているのだろう。これほどの美貌に加えて、勇者の唯一の家族なのだ。これからも狙われることがあるかもしれない。

けれど年頃の女性であるリィネには、少し窮屈な生活のようだ。

「だったら刺繍をしてみない？　家でできるし、わたしも教えられるわ」

「本当に？」

ぱっと顔を輝かせたリィネに、もちろんと頷く。

「手芸店に行ってみましょう。刺繍糸と布が必要になるわ」

「ええ、行くわ。嬉しい。ラネさんありがとう！」

嬉しさを隠そうとせずに、リィネが立ち上がる。

だが、その背後に、見知らぬ男が忍び寄っているのを見て、ラネはリィネの手を思い切り引いた。

「リィネさん！」

「きゃっ」

バランスを崩した彼女が、ラネの腕の中に転がり込む。

幼い子供を庇う母親のようにしっかりと抱きしめて、男を睨《にら》み据《す》える。

見た目は儚《はかな》げで清楚なラネの迫力に驚いたように、男はそそくさと逃げ出した。

「ラネさん……」

「大丈夫。村では狼だって追い払ったことがあるんだから」

もちろん本物の狼だ。

男はただのナンパだったらしい。すぐにアレクが駆け付けてくれたが、リィネはピンチを救ってくれたラネにますます懐《なつ》いてしまった。

「私も教えてもらって頑張るから、ラネさんは家で刺繍の仕事をすればいいわ。だから、ずっと一緒に住もう？」

「それは……」

刺繍の仕事があればありがたいし、リィネもアレクも好ましいと思っている。

けれどそこまで世話になってしまって、本当にいいのだろうか。戸惑うラネとは裏腹に、アレクはあっさりと妹の意見を肯定した。

「そうだな。それがいい。早速道具を買って帰ろう」

「でも……」

「もちろん、ラネさんが迷惑なら諦める」

落ち込んだ顔でリィネにそう言われてしまうと、ラネも頷くしかなかった。

それから、王都でも一番大きな手芸用品店に向かう。

大通りはやはり人が多くて、足を踏み入れることを少しだけ戸惑う。

けれどアレクが前に立ち、リィネが手を引いてくれる。それに、これからはこの王都がラネの住む町になるのだ。いつまでも臆してはいられない。

思い切って足を踏み出すと、初めて訪れたのが嘘のように、自然に馴染むことできた。

目的地の手芸用品店は、かなり大きな店だった。中では縫製や刺繍もしているようで、働いている女性がたくさんいる。店内には、綺麗な服を着た令嬢が数名いて、楽しそうにおしゃべりをしながら生地を選んでいた。

店主は30代半ばの女性だったが、アレクの姿を見ると店の奥から出てきて挨拶をしている。

親しげに笑い合う様子は、丁寧ながらもどこかぎこちなかった貴族たちとはまったく違って、とても自然だった。

「今日も、リィネさんのドレスを仕立てるのかしら？」

「いや、彼女が……。ラネが刺繍を教えてくれるというから、その道具を買いに」

店主の視線がラネを見つめ、きらりと光った。

「これはまた、リィネさんとは違ったタイプだけど、綺麗な方ね。なんだかドレスのデザインが浮かびそうだわ。彼女のドレスは作らないの？」

「昨日の祝賀会でパートナーになってもらったが、時間がなかったのでリィネのドレスを手直ししたからな。ラネのためのドレスも、必要かもしれない」

ふたりの視線がラネに向かい、慌てて否定する。

「そんな、必要ありません。もう着る機会はありませんし」

「ないとは限らない。それに、パートナーにドレスを贈らないのは無作法らしい」

アレクの言葉に、店主も頷く。

「採寸だけさせてもらえばいいから。デザインは任せて。絶対にあなたに似合うドレスを作るから」

そう言って、やや強引に店の中に連れて行かれる。

助けを求めるようにリィネを見たが、彼女も楽しそうにあとを付いてきた。

「私もラネさんのドレス姿がまた見たいわ。昨日のドレスも似合っていたけれど、もう少し淡い色の方が似合うと思うの」

「ああ、リィネさんのドレスというと、コバルトブルーのものね。そうね、もっと淡い色で」

振り返ってアレクを見ると、彼は応接間で別の店員にお茶を淹れてもらって、すっかり待つ態勢である。

救いの手は差し伸べられなかった。

「何ですか、コルセットなしでこの細い腰は……」

採寸をしていた店主は、そう言ってため息をつく。

「一着だけなんてもったいない……」

「兄さんなら、ラネさんがほしいと言えば何枚でも仕立ててくれそうだけど、ラネさんは絶対にそんなこと言わないもの」

「……仕方ないわ。この一着にすべてを賭けるしかないわね」

されるがままのラネは、ふたりの会話にも入り込むことができない。一応好きな色などを聞かれたが、すべて任せることにした。やっと解放されてアレクの元に戻ったときには、すっかり疲れ果てていた。

「ところで、刺繍を教えると言っていたけれど……」

応接間で寛《くつろ》いでいたアレクのところに戻り、お茶を淹れてもらってひと息ついたとき、満足そうな店主にそう尋ねられた。

「はい。刺繍の仕事をしていたので。リィネさんに教えながら、そんな仕事がないか探そうかと」

「刺繍の仕事ならたくさんあるわ」

店主はそう言って、やや興奮気味に立ち上がる。

「今年は凝った刺繍のドレスが流行っていて、手が足りなくて困っていたの。どんな仕事をしていたの？」

「キキト村で、絨毯の刺繍などを……」

「キキト村！」

「……メアリー、少し落ち着け」

アレクに諭されて、店主は少し恥ずかしそうに腰を下ろした。

「ごめんなさい。つい興奮してしまって。でも、キキト村出身なら腕は確かでしょう。よかったら刺繍の仕事を引き受けてくれないかしら？」

ここに通っても、自宅で仕上げてもどちらでもよいと言う。

「もちろんです」

凝った刺繍は得意だが、ドレスに刺繍をしたことはないから、最初はこの職場に通わせてもらうことにした。

「ありがとうございます。これからよろしくお願いします」

早々に仕事が決まったことに安堵しながら、店主に挨拶をする。

しかも、刺繍の仕事を続けられることが嬉しい。刺繍は収入を得るための仕事だったが、集中して針を刺す時間が、ラネはとても好きだった。

アレクはこの店で、刺繍糸や布をたくさん買ってくれた。

「リィネは初めてだから、練習のためにも多めに買っておいた方がいいだろう」

「でも、こんなに……」

初めは戸惑っていたラネだったが、さすがに王都の店は種類が豊富で、美しい色の刺繍糸がたくさんある。

「綺麗……」

つい手に取ってしまい、それをアレクがすべて購入してくれた。

店主に感謝され、刺繍糸や布もおまけしてもらい、さらに、たくさん買ってくれたからと、買った品物を配達してくれるという。

「ありがとうございました」

上機嫌な店主に見送られて、店を出た。

採寸に時間がかかったせいか、朝早く出てきたはずなのに、もう昼をとっくに過ぎている。

食事をしていこうかと話し合った結果、以前連れて行ってもらったレストランではなく、屋台で買って公園で食べることにした。

「ラネさん、これおいしいね」

笑顔でそう言うリィネに頷き、公園に集まってきた鳥にパンくずを投げたりして、まったりと過ごす。

アレクが傍にいてくれるから、変な輩《やから》は近寄ってこない。

平和で穏やかで、とてもしあわせな一日だった。


キキト村よりも南方にある王都は、冬になっても雪で閉ざされることはない。

暖炉だけで部屋は十分に温まり、換気のために窓を開けても、雪が風とともに入り込んでくることはなかった。

アレクの屋敷に戻ったラネは、大広間のソファーにリィネと並んで座り、刺繍の仕方を教えながら、キキト村の長くて厳しい冬の話をした。

冬になる前に、村は総出で雪囲いをする。窓が凍ってしまわぬように、風雪が家の中まで入ってこないようにしっかりと囲い、保存食をたくさん作って冬に備えるのだ。

「冬の間はあまり外に出られないから、こうやって家の中で刺繍をするの。暖炉の前に家族全員が集まって、色んな話をしながら……」

ラネはもちろん母親と一緒に。

けれどエイダーの母親からも家に招かれ、一緒に針を持ったことがある。結婚後はこうして冬を過ごすことができると、嬉しそうに笑っていたのに。

「……ラネさん？」

「あ、ごめんなさい」

手が止まっていたことに気が付いて、ラネは慌てて刺繍針を持ち直す。

「大丈夫？　なんだかつらそうだったよ？」

「ええ、平気よ。ちょっと昔のことを思い出しただけだから」

笑顔でそう答えると、突然、ぎゅっと抱きしめられた。

「ラネさんは、私と兄さんで守るから。だから、大丈夫よ」

背中を包む温もりはとても温かくて、心が落ち着く。

「リィネさん……」

「リィネって呼んで」

「じゃあ、わたしもラネと」

「うん」

ふたりは顔を見合わせて、笑い合った。

出会ってまだ間もないのに、この家はとても居心地がいい。

「ドレス、どんなのが出来上がるか、楽しみね」

「でも、着るかどうかもわからないドレスを作ってもらうのは……」

「気にしなくても大丈夫。兄さんは貴族じゃないけど、魔物退治の報酬とかがあるから、結構お金持ちなのよ」

くすくすと笑うリィネは楽しそうで、つられてラネも笑う。

「そうね。楽しみね」

好意を受け取るのはとても難しいのだと、初めて知った。あまり遠慮ばかりしては、相手を悲しませてしまう。けれどすべて受け取るのも、申し訳なさすぎる。

滞在させてもらうのだから、家賃を払うとアレクには言ったのだが、リィネに刺繍を教えるのが家賃代わりだと言われてしまった。けれど今日、リィネと一緒に揃いで買ったさまざまなものの代金は、少しずつ返していく予定である。

（でもドレスは高価すぎて……。買っていただくのは申し訳ないし、かといって自分で買えるような金額じゃないし……）

すぐには仕上がらないようなので、それまでにどうしたらいいか考えなくてはならない。

こうしてゆっくりとした時間が過ぎ、夕方になると、王城に呼び出されていたアレクが戻ってきた。

「リィネ、すまない。少し離れた場所まで、魔物退治に行かなくてはならない」

彼は戻るとすぐに、妹にそう報告して謝罪した。

魔王が倒されても、魔物の数は多い。むしろ統率が取れなくなって、一時的に被害が大きくなっている。

アレクはまだ、勇者として戦わなくてはならないのだ。

兄の言葉に、リィネは真摯に頷いた。

「うん、私なら大丈夫。ラネが一緒にいてくれるもの。兄さんも気を付けて。絶対にないと思うけど、怪我《けが》なんかしないでね」

アレクはリィネの返答に少し驚いた様子だったが、やがて優しく笑って頷いた。

「わかった。気を付けるよ」

彼が応接間を出て行くと、リィネは少し恥ずかしそうに言った。

「昔は兄さんが留守にするのが嫌だったの。ひとりになると、どうしても両親を亡くしたときのことを思い出してしまって……。でも、ラネがいてくれるから大丈夫。何も怖くないわ」

世話になるばかりだと思っていた。きっと優しいふたりが、自分の身の上に同情してくれたのではないかと。

けれどリィネは、本当にラネを頼りにしてくれる。

それが嬉しくて、胸が温かくなる。

◆◇◆◇◆

翌日、アレクは王都を出た。

エイダーや聖女アキ。そして名前も知らないもうひとりの仲間も同行するのかと思っていたが、アレクはひとりで十分だと言って、誰も伴わずに旅立ったらしい。

心配するラネに、リィネは大丈夫だと笑って言った。

「兄さんなら平気よ。むしろ、あの聖女と一緒に行く方が私は嫌だから」

リィネは聖女を毛嫌いしているようだが、あんな性格ならば、嫌っても仕方がないかもしれない。

アレクが不在の間は、彼に雇われた女魔導師が屋敷に滞在して警護をしてくれる。

ラネも対面したが、寡黙で真面目そうな女性だった。けれど実は甘いものが好きで、かわいいものに目がないのだと、リィネがこっそりと教えてくれた。

いつしか、昼はリィネと刺繍に励み、夜には3人で甘いお菓子でお茶会をするのが恒例となっていた。

リィネはなかなか器用で、刺繍の腕も少しずつ上達していた。

ラネは、さっそく、刺繍の仕事を開始している。職場に通い始めるのは、アレクが帰ってきてからということになっているが、ハンカチなど小さなものから、家で始めることにした。

平穏で、楽しい日々だった。

けれど、アレクが王都を出発してから、3日目のこと。

主《あるじ》が不在のこの屋敷を、訪ねる者がいた。

王太子であるクラレンスと公爵令息のノアだった。しかも彼らは、ラネに会いに来たのだと言う。もしアレクがいたら断ってくれたと思うが、一介の村娘に拒む権利はない。

いったい何の用事で訪ねてきたのだろう。

「大丈夫。私が一緒に行くわ。兄さんが不在の今、この屋敷の責任者は私だもの」

不安に思うラネに、リィネがそう言ってくれた。

サリーが急いで整えた応接間に、クラレンスとノアを通してもらう。

非公式な訪問だからもてなしは不要、とのことだったが、まさか普段着で迎えるわけにはいかないと、ラネとリィネはふたりで慌てて着替えをした。

夜会用のドレスを着るわけにもいかず、だがドレスなど他に持っていないラネは、リィネの訪問用ドレスを貸してもらうしかなかった。

「やっぱり少し大きいね。レースのリボンで結ぶしかないかな」

リィネがリボンで上手く調整してくれたが、慎重に歩かないと、裾を踏んで躓いてしまいそうだ。

「これで大丈夫かしら……」

「兄さんのいない間に、急に訪ねてきたのは向こうなんだから、あまり気にしないで大丈夫」

間に合わせのドレスで、失礼ではないかと悩むラネに、リィネはそう言って先に立ってくれる。

「うん、行こう。用件を聞いて、さっさと帰ってもらわないと。今日のお菓子は、あの店の限定のチョコレートケーキなんだから」

「えっ、本当に？」

王都で評判の菓子店の限定商品だ。リィネも護衛の女魔導師も、もちろんラネもその濃厚ながらも後味のいいおいしさに夢中になっていた。

（これを乗り越えたら、チョコレートケーキ……）

ラネはそう自分を奮い立たせ、王太子の待つ応接間に向かった。

そこでは、輝く銀色の髪をした王太子のクラレンスと、薄金色の髪をしたノアが待っていた。

クラレンスは威風堂々《いふうどうどう》とした王太子でありながら親しみやすい笑顔で、ノアは一見冷たく見えるが、クラレンスを信頼して支えようという献身が見て取れる。

そして、どちらも際立って整った顔立ちをしている。

そんなふたりの視線が同時にこちらに向けられて、ラネは緊張から小さく息を呑んだ。

平民が貴族の真似事をして挨拶をしても、かえって滑稽《こっけい》だろう。向こうが非公式だと言っているのだから、丁寧に頭を下げればそれで大丈夫ではないか。着替えのとき、ふたりでそう話し合っていた。

だから、そうやって挨拶をしようとした瞬間。

「すまなかった！」

先にクラレンスに頭を下げられてしまい、ラネは困惑する。

「え？　あ、あの……」

助けを求めるようにノアを見たが、彼もまた王太子に倣《なら》って頭を下げている。

「クラレンス様、ノア様。ラネが困っていますので、頭を上げてくださいませんか」

リィネがそう言ってくれなければ、いつまでも狼狽えていたかもしれない。

ふたりは祝賀会でエイダーの言い分を信じてしまったことを悔い、謝罪に来てくれたようだ。

（わざわざ、それを伝えるために？）

ふたりとはあのときが初対面で、しかもラネは地方の村娘にすぎない。それに対してエイダーと聖女は魔王討伐を果たし、世界を救った英雄なのだ。

「彼らを信じるのは当然だと思いますが……」

戸惑いながらそう答えると、クラレンスはそれを否定する。

「いや。普段の彼らの態度と、君がアレクの連れてきたパートナーだということを考えれば、どちらが正しいかなんてわかりきっていた。それなのに君を疑ってしまうなんて」

悲痛そうな声に、ますます困惑してしまう。

「あの、私は本当に気にしておりません。ですから、もうこれ以上は……」

もう一度頭を下げてしまいそうな彼らに、謝罪は不要だと必死に告げる。

ようやくソファーに深く腰を下ろしたふたりを見て、ラネはほっと息を吐いた。

まさか王太子とその側近である公爵令息に、挨拶もしないうちに謝罪されるとは思わなかった。

「他の皆も同様に、謝罪をしたいと申し出ている。そこで、王城で開かれる夜会に招待させてほしい」

「えっ……」

どうやら、貴族の令息や令嬢だけを集めた交流会のようなもので、若い者ばかりだからそれほど礼儀などは気にせずに過ごせるとのこと。だがラネにとっては、王城に行くだけで緊張してしまう。

「いえ、わたしは……」

普通ならば王太子からの誘いを断ることなどできない。それでも何とかできないかと、ラネは必死に考えを巡らせていた。

「わたしは、そのような場所に招待していただける身分では」

けれど、リィネがにこりと微笑んでこんなことを言ったのだ。

「まぁ、素敵。これで、兄さんの用意したドレスが無駄にならないわ」

「リィネ?」

驚くラネに、彼女は小さく頷く。任せてほしいと言っているようだ。何か考えがあるようなので、遮らずに聞くことにする。

「ドレスとは?」

クラレンスの問いに、リィネが答えてくれた。

「この間の祝賀会のドレスは、私のものでした。ですが、パートナーだったラネにドレスを贈らなければならないと言って、この間オーダーしたばかりなんです」

「そうだったのか。あまり日にちがないので、私がドレスを贈ろうと思っていたのだが」

王太子にドレスを贈られるなんてとんでもないと、慌てて首を振る。

リィネも彼の申し出には驚いた様子だったが、すぐに笑顔に戻った。

「その点はご心配なく。ただ、私の一存では決められませんので、兄が戻ったら相談します」

アレクの名前を出されると、王太子も否とは言えないようだ。

「もちろんわかっている。なかなか時間が取れなくて、アレクが不在のときに訪ねて、すまなかった」

それは言い訳ではなく、クラレンスは本当に忙しいようで、同行した従者に何やら囁かれて、残念そうに立ち上がる。

これから用事があるようだ。

「突然訪ねてきてすまなかった。詳しい話は後日、アレクを通して伝えたいと思う」

「承知いたしました」

リィネとラネは声を揃えて返答し、頭を下げる。屋敷の入口までふたりを見送り、馬車が立ち去ったことを確認して、ほっと息を吐く。

「ああ、緊張したわね」

堂々と振る舞っているように見えたリィネが、そう言って深呼吸をしている。

「勝手に返事をしてごめんね。ただ、王太子殿下が謝罪に訪れたことを知ったら、これから毎日のように、顔も知らない貴族の方々が謝罪に来ると思うの。毎日個別に応対するより、一度に済ませた方が楽かと思って」

「……確かにそうね。ありがとう。わたしもそう思う」

ラネもその考えに同意して頷いた。

リィネの言うように、毎日見知らぬ貴族の訪問を受けるよりは、緊張しても一度で済ませてしまう方が楽だ。

「兄さんが帰ってきたら報告しないと。ごめんね、こんなことに巻き込んでしまって」

謝罪したあとに、リィネは悲しそうに目を伏せた。

「私は兄さんの妹だから、覚悟はしている。でもラネは、こんなことに巻き込まれなくてもよかったのに。兄さんが声をかけてしまったせいで、ごめんなさい」

「そんなこと……」

俯くリィネの肩に手を添えて、ラネは首を横に振る。

「アレクさんに助けてもらわなかったら、わたしはもっと路地裏の奥に逃げ込んでいたかもしれない。そのあとにパートナーとして誘ってくれたことだって、きっとわたしがあまりにも思い詰めて、今にも死にそうな顔をしていたから、引き留めて話を聞いてくれたのよ」

あのとき、ラネはどん底にいた。

村を出たのは自分の意思だ。けれど、両親から離れてひとりきりになったことで、自分など、もうどうなってもいいのではないかとさえ考えていた。

アレクはそんなラネの話を聞いて、自分にも関わりのあることだからと、エイダーと会えるように王城に連れて行ってくれた。結局、彼に罵倒されて終わってしまったが、あまりにも自分勝手なエイダーに、むしろ、未練も過去の傷も綺麗さっぱり消え去ってしまった。

今となっては、かえってよかったと思うくらいだ。

「アレクさんに話を聞いてもらえて、リィネと出会って。わたしは生きる気力を取り戻したの。だから、ふたりに出会えてしあわせよ」

そう言って、そのままリィネを抱きしめる。

「このしあわせのためなら、王城での夜会も頑張って乗り越えるわ。それに、本当は綺麗なドレスも好きなの。完成が楽しみだわ」

自分にはふさわしくないから、と遠慮していたが、昔から綺麗なものは好きだった。

気持ちを素直に伝えると、勝気そうなリィネの顔が、泣き出しそうに歪む。

彼女もまた、勇者の妹として苦労してきたのだろう。

しかも彼は、魔王を倒した唯一の勇者だ。そのたったひとりの身内として、邪魔にならないように、利用されないように、慎重に生きてきたのだろう。

その苦労は、ラネにも少しは理解できる。

直接謝罪に来てくれたクラレンスとノアも、ラネがただの村娘だったら、あそこまでしなかったに違いない。

「……ありがとう。私も、ラネと出会えてしあわせ。連れてきてくれた兄さんに感謝しなきゃ」

リィネはそう言って笑った。

それから大急ぎで着替えをして、サリーにおいしい紅茶を淹れてもらい、護衛の女魔導師も一緒にチョコレートケーキを堪能した。濃厚な甘さとちょうどよいほろ苦さに、緊張感が溶けていく。

アレクと知り合ったことで、これからラネの運命は、大きく変わっていくかもしれない。

それでも、出会ったことを後悔することはないだろう。

ラネはそう確信している。

◆◇◆◇◆

それから、アレクが戻ってくるまでの数日間は、平穏な日々が続いた。

ラネはリィネと、毎日刺繍に励んでいた。リィネは上達も早く、とても教えがいのある生徒だった。そして頼まれたハンカチが仕上がると、リィネと護衛の女魔導師と一緒に、あの大型手芸用品店の店主メアリーのところに行って、刺繍したハンカチを納品する。

「素晴らしい出来だわ」

ハンカチを広げ、刺繍を確認したメアリーは、そう言って褒めてくれた。

「これほどの出来なら、高値で買い取らせてもらうわ。納期も短かったわね。次も期待しているからね」

彼女は上機嫌で、予想を遥かに超える金額で買い取ってくれた。

「あの、この間注文したドレスなんですが」

急ぎではないが、近々必要になるかもしれないことを告げると、メアリーはそれも快く請け負ってくれた。

「ええ、わかったわ。最優先で。でも、素晴らしいものを作ってみせるから」

夜会の日程がわかったらすぐに伝えることにして、屋敷に戻る。

すると、魔物退治に出ていたアレクが帰還していた。

「兄さん！」

リィネは兄の姿を見るとすぐに駆け寄り、抱きついて帰還を喜ぶ。アレクも妹をしっかりと受け止めている。

「おかえりなさい」

少し遠慮しながらラネもそう声をかけると、アレクは嬉しそうに、ただいまと言ってくれた。

「兄さん、もちろん怪我はないよね」

「ああ、大丈夫だ。魔物の数は多かったが、それほど強いものではなかった。こっちは、変わりはなかったか？」

アレクの言葉に、リィネとラネは顔を見合わせる。

「実は……」

クラレンスとノアが謝罪に訪れ、夜会に招待されたことを告げると、彼は顔を顰める。

「そんなことがあったのか」

「うん。でもクラレンス様が謝罪したと知ったら、他の貴族たちも次々に来るかもしれない。だから……」

「一度参加すればそれで済む、というわけか」

アレクはため息をつくと、すまなそうにラネを見る。

「巻き込んでしまったな」

「いいえ。むしろわたしが、エイダーとの揉め事に巻き込んでしまって」

彼が旅立ってから、ずっと考えていた。

いくら強くない魔物が相手とはいえ、ラネと知り合う前ならば、きっとパーティで討伐に向かったはずだ。聖女の浄化と癒しの魔法があれば、もっと早く終わっていたに違いない。

「ごめんなさい。わたしのせいで」

「いや、そんなことは」

「はい、そこまで！」

互いに謝罪するふたりの間に、リィネが割り込んできた。

「私も、ラネを巻き込んでしまったと悔やんだけど、ラネは出会えてしあわせだと言ってくれたの。私もしあわせよ。兄さんは？」

まさかアレクにそれを告げられてしまうとは思わず、ラネは真っ赤になって俯く。

「俺も、ラネと出会えてよかったと思っている」

そんなラネの耳に、アレクの声が優しく響く。

「みんな後悔していないのなら、もうお互いに謝るのはやめましょう？　それより、これからのことを考えないと。兄さんがラネにドレスを贈っていなかったら、クラレンス様がラネに贈るところだったのよ」

「そんなことにならなくてよかった」

リィネが笑いながら言うと、アレクは安堵したような顔をして、そう答える。

そんな彼を見て、なぜか胸がどきりとした。


リィネの新しいドレスは、ラネに合わせて直してしまったから、彼女のドレスも新調しなければならない。

そう思っていたところに、クラレンスからリィネに伝言が届いた。

そこには、夜会用のドレスを用意させてほしいこと。当日はエスコートをさせてほしいと書かれていたという。

「どうするの？」

難しい顔をして黙り込んでいるアレクの代わりに、ラネがそう尋ねた。

きっと辞退するだろう。そう思っていたけれど、予想に反してリィネは笑ってこう言った。

「せっかくだからお受けするわ」

「え？」

「だって兄さんは、ラネをエスコートするでしょう？　だとしたら、私の相手がいないわ。今から探すのも大変だし、せっかく向こうから申し出てくれているんだから」

「だったら、アレクさんは今まで通りにリィネを」

「それは駄目」

今までアレクはずっと妹と参加していたはずだ。

それなのに、自分のせいでリィネの相手がいなくなってしまった。それを申し訳なく思い、そう申し出たのだが、あっさりと却下された。

「きっと、聖女もエイダーと一緒に参加するだろうから、兄さんの傍を離れたら駄目よ」

そう言って、困ったように付け加えた。

「ラネに謝りたいなら、本当は聖女なんか呼んだら駄目よね。前と同じようになってしまうかもしれないのに。でも、クラレンス様でも聖女の参加を拒否することはできないのよ。彼女はそれだけの力を持っている。……だから厄介なのよね」

「あ……」

聖女とエイダーも参加するのかと、少し憂鬱《ゆううつ》な気分になる。

まだ魔物の被害がある以上、聖女の力は必須なのだ。

「心配しなくても大丈夫よ。ラネは、兄さんから離れなければいいわ。それにクラレンス様は王太子殿下だもの。仕方なく私の相手をしてくださっていることくらい、誰の目にも明らかでしょう」

王太子であるクラレンスは、まだ婚約者を定めていないらしい。

彼には幼い頃から婚約を結んでいた令嬢がいたのだが、不幸にも病で早世してしまったという。新しい婚約者は、現在慎重に選んでいる最中のようだ。

だから夜会の度に、彼が誰をエスコートするのか、貴族の令嬢たちは神経を尖《とが》らせている。

「その分、私なら、兄さんの妹というだけの平民だもの。絶対にあり得ないから、他の人たちも安心すると思うわ」

これが一番いいのだと説明するリィネに、アレクもとうとう折れたようだ。

「そうだな。下手に貴族の男に頼むよりも、クラレンスの方がいいか」

「それよりも当日、兄さんは絶対にラネの傍から離れないでね。多分、謝りに来る貴族が多いかもしれないけど、それを見て聖女も黙っていないだろうから」

「ああ、わかっている。だが、ドレスはこちらで用意しよう。今からメアリーに頼めば間に合うだろう」

「……うん、そうね。それが一番いいかもしれない」

ドレスは遠慮して、エスコートだけお願いすることにしたようだ。

エスコートだけならば問題ないが、ドレスまで受け取ってしまうと、相手が王太子であるだけに、少し面倒なことになるようだ。

リィネも同意して、そう返事をすることに決まったようだ。


それからは、夜会に向けて忙しい日々が始まった。

リィネのドレスも発注し、採寸や仮縫い、衣装合わせのために何度もメアリーの店に通った。

ラネのドレスは淡い紫色。リィネのドレスは、深緑色に決まったようだ。

メアリーはかなり張り切って、それぞれに似合うデザインを考えてくれた。

「最初は、本当にただの手芸店だったのよ」

メアリーは忙しく手を動かしながら、この店の成り立ちを語ってくれた。

「祖母が始めた小さな店だったの。でも、自分で縫った服を販売していたら、それが評判になってね。今では、貴族の令嬢のドレスも仕立てられるようになったわ」

近所の人から、裕福な平民。そして貴族と、顧客はだんだん変わっていったが、今でも服を縫うのは好きだと、彼女は楽しそうに笑う。

「世界を救った勇者の妹とパートナーのドレスを縫えるなんて、光栄だわ。絶対に間に合わせるから、期待していてね」

メアリーならきっと、素晴らしいドレスを作ってくれるだろう。

そう確信して、仕上がりを楽しみに待つことにした。

これでドレスとエスコートのことは心配ないが、ラネにはもうひとつ、やらなくてはならないことがあった。

ダンスである。もちろん、今まで一度も踊ったことはない。

「ダンスは覚えておいた方がいいわ」

兄のパートナーとして、何度か夜会に参加したことがあるというリィネは、真剣な顔でそう言った。

「顔も知らない人たちに延々と話しかけられて、身動きが取れなくなったときも、踊れば解放されるわ。とくに今回は、あなたに謝罪したいって人が多いだろうから、面倒だったら兄さんと踊っていればいいのよ」

「そうね。頑張るわ」

そう意気込んではみたものの、今までダンスなど一度もしたことがないのだから、なかなか難しかった。複雑なステップを覚えるのに必死で、つい足元ばかり見てしまう。相手役を務めてくれたリィネの足を何度も踏んでしまって、慌てて謝罪した。

「難しいわ」

挫《くじ》けそうなラネをリィネは励ましてくれる。

「大丈夫よ。私たちは貴族じゃないから。それらしく見せることができれば、それで十分。それに、ラネのパートナーは兄さんだもの。少しくらい足を踏んだって、丈夫だから問題ないわ」

「俺ならもちろん大丈夫だが、お前のパートナーはクラレンスだ。ラネよりもお前の方が、練習が必要かもしれない」

「……そうなのよね」

傍で見守っていたアレクの言葉に、リィネが肩を落とす。

「そうね。私も練習しなきゃ。兄さん、付き合って」

「わかった」

アレクがリィネの手を取って、踊り出す。

ふたりの煌めく金色の髪が、陽光を照らして輝いていた。

(綺麗……)

美貌の兄妹が踊る。

ラネはその光景を、うっとりと眺めていた。

心を許せる人たちと過ごす時間は、穏やかに優しく過ぎていく。

出会ったばかりとは思えないくらい、アレクもリィネも、ラネにとっては大切な人になっていた。

他愛もない話をすることも、得意料理を作ってふたりに披露することもある。リィネと、将来のことを語り合うのも、何をしていても楽しい。

村に住んでいた頃は、こんなに気の合う人たちと巡り合えるなんて思ってもみなかった。しあわせだった。

3人だけで過ごすことができたのは、思えばこのときが、最後だったかもしれない。

◆◇◆◇◆

それから数日が経過した。

ドレスが仕上がったという連絡があり、3人はメアリーの店に向かおうとしていた。

けれどそのとき、王城からの使いが、慌ただしく駆けつけてきた。

火急の用件だということで、外出を取りやめ、アレクは応接間で使者の話を聞いている。

ラネとリィネは、ふたりで別室に待機していた。緊迫した雰囲気に、リィネが不安そうにラネの手を握る。

「また、魔物退治かな」

「……そうかもしれないわ」

魔王が倒されても、魔物は各地に出没している。アレクはまだ、戦い続けなくてはならないのだ。

用件を告げた使者が帰ったあと、ふたりが予想していたように、アレクは急いで旅支度を始めていた。やはり魔物が出没して、アレクが出向くことになったのだろう。

「兄さん？」

アレクは手を止めないまま、短く答えた。

「隣国のペキイタ王国に、ドラゴンが出たようだ」

「ドラゴン？」

それは、ふたりの予想以上の事態だった。

ドラゴンは魔物の中でも最上位であり、狂暴さも強さも、他の魔物とは一線を画している。

その強さ故に、魔王には従わずにいた孤高の存在であった。

だが、人に害をなすのであれば、いずれ倒さねばならない。

そう思っていたところに、魔王が滅ぼされ、自分よりも強い魔物がいなくなったことを知ったドラゴンが暴れ出した、ということである。

もちろん、隣国でも冒険者を集めて討伐しようとしたが、まったく歯が立たない。そこで、正式に勇者を派遣してほしい、と申し出てきたようだ。

「ペキイタ王国では相当な被害が出ているようだ。今すぐに向かわなくてはならない」

強い瞳でそう言ったアレクに、リィネも頷く。

「わかった。……兄さん、気を付けてね」

勇者である彼は、たとえ隣国であっても、人々が苦しんでいる以上、救わなくてはならない。

リィネもそれがわかっているから、引き留めたりはしない。

だが、ドラゴン退治となれば、そう簡単には終わらないだろう。不安を押し殺し兄を送り出そうとしているリィネを、アレクはしっかりと抱きしめる。

「すまない。行ってくる。何かあればいつも通り、ギルド長のイロイドに」

「私なら大丈夫。ラネがいてくれるから」

リィネがそう言うと、アレクはラネに向き直り、大切な妹と同じように、ラネのことも抱きしめる。

「ラネもすまない。留守にしてしまうが、頼む」

大きな力強い腕で、壊れ物のように優しく包まれて、胸がどきりとした。

「ええ。リィネのことは任せて」

何とか平静を装ってそう答える。

アレクは優しい瞳でふたりを見つめ、行ってくる、と言って背を向けると、もう振り返ることなく屋敷を出て行った。

その後ろ姿を静かに見送る。

（アレクさん。どうか、無事で……）

抱きしめられた身体は、まだ彼の温もりを宿しているかのようだ。ラネは、心を落ち着かせるようにゆっくりと深呼吸をする。

「リィネ」

そうして兄を見送ったあとも、震える両手を握りしめて、兄が旅立った方向を見つめているリィネの肩を優しく抱く。

アレクの代わりにはなれないかもしれないが、それでも彼に頼まれたのだから、しっかりと守らなくては。

そう決意して、伝える。

「わたしが一緒にいるから」

「うん、ありがとう」

夜会はもう明後日だ。

予定通りに開催されるとは思えなかったが、メアリーはきっとドレスを完璧に仕上げて待っているはずだ。取りに行かなくてはと、護衛の女性とともにメアリーの店に向かうことにした。

「あら、アレクは一緒ではなかったの？」

にこやかに迎えてくれたメアリーは、ラネとリィネだけだと気が付いて、不思議そうに尋ねた。

「実は……」

隣国のペキイタ王国にドラゴンが出没したこと。アレクはそれを討伐するために旅立ったことを伝えると、悲痛な顔をして両手を握りしめる。

「そうだったの。アレクのお蔭で、私たちはこうして平穏を手に入れた。彼はまさしく勇者よ。でも、あなたにとってはたったひとりの家族だわ。つらいでしょう。ごめんなさいね」

「大丈夫。兄さんは強いもの。きっと無事に帰ってくるわ」

リィネはラネの手を握りしめながら、自分に言い聞かせるようにそう答える。

そう、彼は強い。何と言っても、魔王を倒した勇者なのだから。

メアリーが全力で仕立て上げてくれたドレスは、とても美しいものだった。

ラネのドレスは薄紫色で、上品なレースがたくさん使われていて、清楚な雰囲気ながらも美しく仕上がっている。

リィネのドレスは深緑色で、彼女の華々しい美貌にも負けないような、豪奢だけど、どこかかわいらしさも残した、リィネにふさわしいドレスだった。

サイズなどを確かめるために試着して、互いによく似合っていると称え合った。

もしアレクがここにいたら、きっと絶賛してくれたに違いない。

「アレクさんが帰ってきたら、このドレスを見てもらいましょう」

リィネを元気づけようと、そう言う。

「そうね。兄さんはきっと、ラネに見惚れると思うわ」

「そんなことは……」

彼の顔を思い浮かべた途端、優しく抱きしめられたことを思い出して、恥ずかしくなる。

俯いたラネを見て、リィネはようやく笑みを浮かべた。

「ふふ。兄さんが帰ってくるのが楽しみだね」

「……うん、そうね」

何かを企んでいるような、からかうような、そんな顔をしていたのは気になったけれど、リィネが笑ってくれるならそれでいいと、ラネも笑顔で頷いた。

◆◇◆◇◆

中止になるだろうとばかり思っていたが、どうやら夜会は予定通り開催されるらしい。訪問してきたクラレンスからそう聞いたラネとリィネは、言葉を失った。

「どうして？」

ラネは、思わず疑問を口にしてしまっていた。

王太子殿下に対して、不敬な言葉だったかもしれない。

けれど、隣国のことだが多くの人が命を落とし、勇者であるアレクもドラゴン討伐のために向かっている。

そんな状況なのに、この国では予定通りに王城で夜会を開くという。

それが信じられなかった。

「ふたりが不快に思うのも当然だ。申し訳ないと思っている」

以前と同じように、従者と護衛騎士、そしてノアを伴って訪れたクラレンスは、そう言って唇を噛みしめた。

その表情を見る限り、彼もこの時期の開催は不本意のようだ。

「だが、人々は魔王が倒され、これでようやく世の中が平和になったと安堵したばかり。この世界の平和は揺るがないと示す必要がある、という意見が大半だった」

それはきっと、貴族だからこその意見なのだろう。

また平和が乱されるかもしれないと思えば、もっと遠くの国に逃亡しようとする者や、食料品や薬草などを買い込む者が増えるかもしれない。

実際、魔王が倒されるまでは、王都から逃げ出す者が多かったらしい。人の多い大きな都市は、魔王の標的にされるからだ。

逃げ出していた人々が戻ってきて、王都はようやくかつての活気を取り戻したばかりである。

この国は今、魔王の脅威からようやく立ち直ろうとしているのだ。

だからこそ、この国の平穏は揺るがないと示すために、普段通りに過ごす必要がある。この国の貴族たちは、そう結論を出したのだろう。

「クラレンス様は、反対なのですね」

両手をぎゅっと握りしめていたリィネがそう言うと、彼は静かに頷いた。

「ああ。ようやく得たこの平穏を、崩すわけにはいかないのはわかっている。だが、ペキイタ王国では大勢の人が死んでいる。アレクが戦っている。それなのに、夜会など……」

低く押し殺すような声には、彼の感情が込められているようだ。

「そうですか」

リィネは一度だけ目を閉じると、まっすぐにクラレンスを見た。

「国王陛下は、兄さんが必ずドラゴンを討伐すると、信じてくださるのですね」

「もちろんだ。もし本当に危険ならば、夜会など行わずに、王都に住む人々の避難を優先させる」

　ペキイタ王国と、このギリータ王国の王都は比較的近い距離にある。

　もしドラゴン討伐に失敗すれば、被害は隣国だけに留《とど》まらないだろう。それなのに普段通りに過ごすということは、貴族だけではなく、国王陛下も王都を離れないということだ。

「理由はわかりました。勇者アレクの妹である私が参加すれば、人々はもっと安心しますか？」

「リィネ？」

　思いがけない言葉に、ラネは驚いて彼女の名前を呼ぶ。

　リィネは決意を込めた顔をしていた。

「兄さんたちが命がけで守った平和だもの。それに町の人たちが怯えて逃げ惑うことを、兄さんだって望んではいないわ」

　人々の中には、アレクがペキイタ王国に向かったことを不安に思う人もいるかもしれない。けれど、彼のたったひとりの家族であるリィネがこの国に残り、さらに王城で開催される夜会に参加したと聞けば、安心する者も多いだろう。

　勇者は必ずこの国に帰ってくる。

　勇者の妹が王都から脱出しないのだから、きっとここも安全だろう。

　リィネは人々がそう考えることを知っていて、参加すると告げたのだ。

「……すまない。感謝する」

クラレンスとノアは、そう言って頭を下げる。

「ラネ、一緒にいてくれる？」

リィネの懇願に、もちろんと深く頷いた。

こうしてアレクが不在の中、夜会は予定通りに開催されることになった。

リィネのエスコートは、約束通りにクラレンスが。そしてアレクが務めるはずだったラネのエスコートは、ノアが代役として名乗りを上げてくれた。

でもラネは、それを断った。アレクがいないのならば、リィネの付き添いとして参加するだけだ。本来ならば、こんな夜会に参加するはずのない平民である。ひとりで参加しても、そこまで問題視されないだろう。

それに、彼が贈ってくれたドレスを着て、他の男性にエスコートしてもらうのは嫌だった。

アレクのことが心配で眠れない夜を過ごしたこともあったが、王都で過ごす日々は平穏だった。

今日はとうとう、夜会の日である。

サリーに手伝ってもらって、朝早くから身支度を整える。

「以前と同じドレスを着たら、やっぱり変かしら」

着替える前にそう尋ねると、リィネは首を傾げる。

「私たちは平民だから、そんなにドレスを持っていないことは、他の人たちもわかっていると思う。でも、せっかく新しく仕立ててもらったのに、どうして？」

「それは……」

自分でも、こだわりすぎていると思う。

他の男性に、このドレスを着てエスコートしてもらうのが嫌なだけではなく、アレクのいない夜会に着ていくのも嫌だなんて。

「アレクさんに贈ってもらったドレスなのに、まだ見てもらっていないから」

答えを求めるように見つめられ、ラネは少し恥ずかしく思いながらも、それを伝える。

「兄さんに、最初に見せたいの？」

「……うん。ごめんね、変なこだわりで」

「そんなことはないわ。兄さんは嬉しいと思う。じゃあ、この間のドレスで参加する？」

「できれば、そうしたいわ」

急なことだったのにサリーが精一杯頑張って、レースやリボンを他の色に変えたりして、何とかまったく同じドレスにならないようにしてくれた。

「ありがとう。余計な手間をかけさせてしまって、ごめんなさい」

そう謝罪したけれど、サリーは穏やかな顔で首を横に振った。

「いいえ。アレク様はきっと、お喜びになりますよ」

あらためてそう言われて、少し恥ずかしくなる。

出発前に抱きしめてくれた温もりを思い出しながら、そっと美しいドレスに触れた。

今日のために間に合わせてくれたメアリーには申し訳なく思う。けれどアレクには、試着などではなく、きちんと身支度を整えて、このドレスを来た姿を見てほしかった。

準備を終えて、少し早めに王城に向かったクラレンスたちと合流する。

案内された部屋にはなぜか、クラレンスだけではなくノアの姿もあった。

エスコートは断ったはずだと困惑したが、ラネがリィネの付き添いであるように、今日はノアもクラレンスの付き添いらしい。

平民のラネと違って公爵令息である彼が、パートナーを連れていないなんてと不思議に思ったが、話を聞くとラネのせいであった。

ノアはラネをエスコートしなければと思い、決まっていたパートナーに断りを入れてしまったらしい。そのため、土壇場でパートナーが不在になってしまったようだ。

「も、申し訳ありませ……」

自分のわがままのせいだったと聞いて慌てて謝罪したが、ノアはラネの言葉を遮った。

「いや、先走ってしまった私が悪いのだから自業自得だ。それに、断ってもらってよかったのかもしれない」

「え？」

「私があなたをエスコートしたと知ったら、アレクがどう思うか……」

「アレクさんが？」

どうして彼の名前が出てくるのかと、助けを求めるように視線をリィネに向ける。

けれど彼女は嬉しそうに笑うばかり。代わりに口を開いたのは、クラレンスだった。

「そうだな。命拾いをしたかもしれない」

「え……」

まるで、ラネをエスコートしたらアレクが怒るかのようだ。

「ドレスのことも。気遣い、感謝する」

さらにそう言ったノアに、クラレンスも続いた。

「そうだな。さすがに、アレクのためのドレスを先に見たら、私も共犯になってしまうからな」

「……えっと？」

なぜ、アレクに最初に見せたくて、新しいドレスを着てこなかったことを知っているのだろう。

困惑したまま、それでも時間だと告げられて、リィネはクラレンスに手を取られ、そのあとをノアとふたりで並んで歩くという状況になっている。

こんなことならば意地を張らずに、彼にエスコートしてもらうべきだったのかもしれない。

でも、どうしてもアレクがいい。アレクでなければ嫌だ。

そう思う自分に、戸惑いすら感じる。

こんな想いは、婚約者だったエイダーにすら向けたことがないというのに。

(まるでわたしが、アレクさんが好きみたいに……。好き?)

その言葉で思い出したのは、彼が出発する前に抱きしめてくれたこと。

他意があったとは思えない。

アレクは、ラネを妹のリィネと同じ扱いをしてくれただけだ。

それなのに、あの抱擁を、背中に伝わる体温を思い出すだけで、切ない感情が沸き上がってきた。

(5年間待っていた幼馴染に、婚約破棄どころか、婚約そのものをなかったことにされて捨てられたばかりなのに、そんなこと……)

あり得ない、とは思えなかった。

守ってくれた力強い腕に、優しい微笑みに、ラネのためにエイダーに怒りを感じてくれた姿に、どうして好意を抱かずにいられるだろう。

そして勇者として、己を厳しく律して世界のために戦う彼を、心から尊敬している。

（好きになっても仕方ないわ。だって、アレクさんだもの）

エイダーに捨てられた直後なのに、あの人が相手では恋をしてしまったのもしょうがないと、ラネは自分の恋心を許すしかなかった。

もちろん、成就《じょうじゅ》するとは思っていないし、望んでもいない。

ただひそかに思うことを、自分に許しただけだ。

（アレクさん……）

その彼はペキイタ王国でドラゴンと戦っている。彼の無事を祈りながら、託された妹のリィネを守らなければと決意する。

夜会は、最初の想定よりも大規模に執り行われることになったらしい。

大きな会場に、たくさんの招待客。

それはクラレンスが言っていたように、この国の平和は揺るがないと示すためなのだろう。

けれど集まった人々の顔はどこか沈んでいて、煌めく照明の中、楽しげな音楽が虚しく鳴り響いている。

そんな会場に、リィネは王太子であるクラレンスにエスコートされて入場した。

ラネとノアがその背後に付き従う。

クラレンスは静まり返った会場を一瞥《いちべつ》すると、リィネに向かって手を差し伸べた。

「リィネ、踊ってもらえるか？」

「ええ、もちろん」

クラレンスとリィネが踊り出すと、会場の雰囲気が少しだけ明るくなった。ふたりの後に続いて、パートナーの手を取った者も多かった。

ラネは親族や兄弟と一緒に参加した令嬢たちが、ノアの様子を窺っていることに気が付いて、彼から離れて壁際に寄る。

ノアのパートナーはラネではない。彼と踊りたい令嬢が誘いやすいように、気を利かせたつもりだった。

「あ、待って」

それなのに、ノアは小さく声を上げてラネを引き留める。何か用事があるのかと思って首を傾げると、彼は少し戸惑ったように視線を逸らす。

「はい。何でしょうか？」

「いえ、その。ダンスは踊られますか？」

ノアの問いに、ラネは首を振る。

「いいえ。わたしは平民ですから、ダンスはできません。皆さまが踊っているところを見学しています」

本当はリィネと練習をしていたが、すべてアレクと踊るためだ。

恋人ではないのに自分でも気持ちが重すぎると思うが、他の人と踊るつもりはなかった。

「……そうですか」

少し残念そうなノアは、自分に遠慮をしているのかもしれない。

「わたしのことは、どうか気になさらずに。ノア様と踊りたい方がたくさんいらっしゃるのでは？」

そう言って周囲の令嬢たちに視線を向けると、彼女たちは目を輝かせ、ノアは反対に顔を引き攣《つ》らせている。

「喉が渇いたので、少し失礼しますね」

自分がいては彼女たちも誘いにくいだろうと、ラネはその場から移動して飲み物を取りに向かった。ちらりとホールに視線を向けると、クラレンスはまだリィネの手を放そうとしない。

リィネも思いのほか楽しそうで、クラレンスが王太子でさえなければ、お似合いだったのかもしれないと考える。

ワインではなく、ソフトドリンクで喉を潤していると、遅れて会場に入ってきた人たちがいた。何気なく視線を向けたラネは、ここにいるはずのない人物を見て、目を見開く。

「え……。どうして？」

そこには、アレクとともにドラゴン討伐に向かったとばかり思っていた、聖女アキとエイダーの姿があった。

誰よりも豪奢なドレスを着たアキは、エイダーに手を取られてゆっくりと会場に入ってきた。

華やかで美しいドレスだった。

でも、幼さを感じる容貌を絢爛《けんらん》豪華に飾り立てるのはかえってアンバランスで、どちらの魅力も損なうようなものだった。

エイダーも剣聖としての礼服ではなく、貴族の子息のような衣装を着ている。

ふたりが互いに手を取り、寄り添い合っている姿を見ても、何も感じない。今となっては、エイダーの隣にいる自分の姿を思い描くこともできなかった。

もう終わったことなのだ。

「アキ？　君はペキイタ王国に向かったはずでは」

焦ったようなクラレンスの言葉に、ラネは我に返る。

振り返ると、慌てた様子でこちらに駆け付けるクラレンスと、青白い顔をしたリィネの姿があった。

「リィネ」

ラネは急いで彼女に駆け寄り、手を取って支える。

「あら、クラレンス」

聖女はにこりと笑うと、ちらりと視線をリィネとラネに向けた。

「夜会にふさわしくない者が入り込んでいるわ。さっさと追い出してよ」

「リィネは私の正式なパートナーだ」

諭すようなクラレンスの言葉に、聖女は大袈裟《おおげさ》なくらい驚いて、隣にいるエイダーに寄りかかる。

「この国の王太子殿下のパートナーが、平民の女だなんて」

そう言って嘆いているが、隣にいるエイダーも平民であることを忘れたのだろうか。

「そんなことよりも、君はペキイタ王国のドラゴン討伐に行ったと聞いている。どうして、ここに？」

クラレンスは聖女の言葉を受け流すと、そう問いかけた。

「ああ、ドラゴンね」

話を逸らされた聖女は、つまらなそうに頷いた。

「聖女である私が、そんなに簡単に国外に出るはずがないでしょう？　私は国の宝なのよ？」

「だがドラゴンの討伐は、聖女の力なしでは……」

クラレンスが思わず漏らした言葉に、周囲がざわめく。失言に気が付いたクラレンスだったが、もうそのざわめきは会場中に広がってしまっている。

ドラゴンほどの魔物は、聖魔法で弱らせて戦わなくてはならない。

そうでなければかなり長期戦となり、体力で劣る人間が勝つことは難しいと言われているのだ。

「魔導師のライードも同行しているわ。でも、ふたりだけでは無理でしょうねぇ」

周囲の不安そうな顔を見渡しながら、聖女は楽しそうに笑う。

どうして笑えるのか。

ラネは唇を噛みしめた。

アレクは王城からの使者から話を聞いた途端、少しでも多くの人を救うためにすぐに旅立った。そんな彼の仲間なのに、聖女の力を持っているのに、どうしてそんなことを言って笑っていられるのか。

「そんな怖い顔をしないでよ。私に来なくてもいいって言ったのは、アレクシスよ」

クラレンス、リィネ。そしてラネ、ノアと順番に視線を移して、彼女は肩を竦めてそう言う。

「アレクが？」

クラレンスの問いに、聖女はもったいぶるようにゆっくりと頷いた。

「そう。危ないから、来ない方がいいって。アレクシスは私のこと、大切にしてくれるからね。まぁ、残念ながら私はエイダーを選んだけれど」

くすくすと笑いながら、聖女は手を伸ばしてエイダーに抱きついて、ちらりとラネを見る。

「あら、怖い顔ね。好きな人を私に取られて恨んでいるの？　でもエイダーは、あなたなんか昔から嫌いだったって言っていたわ。婚約なんて真《ま》に受けて、５年も待って、本当に馬鹿みたい」

ラネのことを、勝手に婚約者を名乗った勘違い女だと言っていたことを忘れてしまったように、今度は婚約していた事実を認めるような発言をしている。

聖女の言葉が本当だとすると、エイダーは結婚する気などまったくなかったのに、ラネに婚約を申し込んで5年も放置していたことになる。

しかも理由が、ラネが嫌いだったからだと。

（それが本当だったとしても、エイダーのことなんかもうどうでもいいわ。それより……）

それよりも、アレクは聖女の身を案じて、ドラゴン討伐に同行させなかったのだろうか。

その方が気になる。

アレクも聖女が好きだったように言われるのも、我慢できない。

怖い顔と言われたのは、それが原因だろう。

「そうね。私の身を案じてくれるアレクシスの気持ちは嬉しいけれど、聖女の力を持つのは、私だけ。アレクシスを助けられるのも、私しかいないのよね」

聖女は、今度は何を思いついたのか。

ラネを見て、それは楽しそうに言った。

「ペキイタ王国の国王からも、何度も丁寧な手紙や贈り物をいただいているの。そろそろ討伐に出てもいいかなって思うのよね」

だから、と聖女は笑う。

「あなたがエイダーを追いかけてこんなところまで来て、私たちを不快にさせたことを謝ってくれるなら、ペキイタ王国に行ってもいいわ」

その言葉に、聖女の手を取っていたエイダーがラネを見た。その瞳は冷え切っていて、かつての親しさはまったく感じられない。見つめていると、本当に不愉快だと言わんばかりに視線を逸らされた。

「何を言っているの。ラネは被害者よ?」

「わたしは大丈夫だから」

リィネがすかさず言い返してくれたが、聖女がドラゴン討伐に行かないと、アレクが苦戦してしまうかもしれない。

そう思って、自分のために怒ってくれたリィネを止める。

（それに、今さらエイダーとの仲を見せつけられても何とも思わないわ）

不快そうな態度のエイダーは、まだリィネが自分のことを好きだと思っているのだろうか。

エイダーの心変わりが原因なのに、ラネを悪者にして聖女を選んだ、そんな不誠実な人はこちらからお断りである。

もし今聖女が言っていたように、ラネを貶めるために、好きでもないのに5年も偽の婚約をしていたのなら、そんな人だったのかと軽蔑するだけだ。

とっくに終わった恋であり、関係である。だから、それくらいでアレクが無事に戻ってくるのならば、喜んで謝罪する。

「聖女様、エイダー様。わたしのせいでお心を煩《わずら》わせてしまい、申し訳ございません。もう二度と、おふたりの前に姿を現さないことを誓います」

そう言って、頭を下げる。

「ええ、そうして頂戴《ちょうだい》。もう二度と王城に来ないでね。平民は平民らしく、身の程をわきまえなさい」

聖女は歪んだ笑みを浮かべ、楽しそうにそう言った。

「わかりました。それでは、退出させていただきます」

そう言って、背を向ける。

「ラネ……」

リィネが駆け寄ってきて、悔しそうな顔をしながら手を握ってくれた。

「どうしてあなたがこんな目に」

「大丈夫。アレクさんのためなら、あんなことは何でもないわ。少しでも早く、無事に帰ってきてほしいから」

「……そうね。ラネ、ありがとう」

クラレンスとノアが呼び止める声がしたが、彼らまで帰ってしまえば聖女の機嫌が悪くなってしまうかもしれない。

そう思って視線で制すると、ノアはそれをわかってくれたようだ。ふたりを呼び戻そうとするクラレンスを無理に連れて、会場に戻ってくれた。

(どうして……)

大勢の前で謝罪させられたことには、屈辱も悲しみも感じなかったけれど、ただ疑問だけが残った。

どうして、あんなに歪んだ笑みを浮かべる人に、聖女の力が宿っているのだろう。

勇者を助ける力を持っているのだろう。

(わたしに、あの力があればよかったのに)

そうすれば、アレクを助けることができる。

たくさんの人たちを、救う手助けもできるのに。

考えても仕方のないことだとわかっているのに、そう思わずにはいられなかった。


そのまま王城を出て、リィネとふたりで屋敷に戻ることにした。

「もう二度と王城には行かないわ」

馬車に乗る直前、リィネはそう言って、そびえたつ王城を睨むように見上げた。

ラネも聖女に、もう王城には行かないと誓ったので、行くことはないだろう。最初から分不相応な場所だったのだと、それだけは聖女に同意する。

「帰りましょう」

ただの村娘が王城の夜会に参加できたのだ。十分だと、笑ってリィネを促す。

「……なんだか、ラネって兄さんに似ているわ」

「アレクさんに？」

思いがけない言葉に、どきりとする。

「そう。兄さんも、勇者とはいえ身分のない平民だから、最初は侮ったり馬鹿にしたりする人がいたの。でも兄さんは気にしなかった。兄さんにとっては、平民も貴族も、悪人でさえも守る対象なのよ」

だとしたら。

不吉な予感を覚えて、ラネはもう一度、王城を振り返る。

そのアレクが聖女を伴わなかったのは、何か理由があったのではないか。

そんなラネの気持ちを見透かしたように、リィネがそう言った。

「大丈夫よ」

「最悪な性格だけど、それでも聖女だから。聖女の力は魔物に対して圧倒的に強い。ドラゴン討伐を果たして、今よりもっと傲慢《ごうまん》になって帰ってくるわ」

「……そうね」

もう二度と会わないのだから、彼女がどれだけ傲慢になろうと関係ない。

ラネは不安を振り払うように、馬車に乗り込んだ。

サリーは前回の夜会に続いて、今回も早く帰ってきたことに驚いた様子だったが、俯いて暗い顔をしたリィネを見て、何かトラブルがあったと察したようだ。

何も聞かずに着替えを手伝い、温かいお茶をふたり分用意してくれた。

添えてあるのは、お気に入りの店のチョコレートだ。

ほろ苦い甘さが、色々な気持ちが入り混じった心を慰めてくれる。

「明日からまた、刺繍を頑張らないとね」

リィネも吹っ切ったように明るくそう言った。

「ラネも、新しい仕事をもらったのよね？」

「そうよ。今度はストールに刺繍をするわ」

そう答えながら、仕立てたばかりの薄紫色のドレスのことを思う。

もう公式の場で着る機会はないかもしれないが、アレクが帰ってきたら一度だけ、着ているところを見てもらいたい。

それくらいは許されるだろうか。

◆◇◆◇◆

それから2、3日後。

護衛の騎士を数人引き連れて、聖女はペキイタ王国にドラゴン討伐に向かった。

もちろん彼女の傍には、剣聖エイダーが付き従っていたという。

少し時間がかかったのは、ギリータ王国の国王陛下が、聖女を国外に出すことを渋ったからだ。

ペキイタ王国の王は、まだ若く、見目麗しい。

そんな国王が、ドラゴンが出没してからは熱心に聖女に手紙や贈り物を届けていた。そのため、ギリータ王国の国王陛下は、聖女をペキイタ王国に派遣したら戻らないのではないかと危惧していたようだ。

だが、ドラゴン討伐に向かう聖女を妨げてはならないと、大聖堂の神官長から忠告され、渋々承知した。

これほど権力者たちにもてはやされれば、聖女が傲慢な性格になってしまっても仕方がないような気がする。

とにかくこれで、ドラゴン討伐は果たされるだろう。

聖女が旅立った翌日に、再び屋敷を訪れたクラレンスは、そう言って頭を下げる。

「他の者たちの謝罪のために無理に来てもらったのに、あんなことになってしまい、本当に申し訳なかった」

相手が王太子だとしても、３度目の訪問ともなれば、リィネもラネもそれほど慌てず、落ち着いて対応することができた。いつもと同じように、彼の隣には同じく頭を下げるノアの姿もある。

「……クラレンス様も、大変ですね」

リィネも思わずそう声をかけてしまうくらい、クラレンスは疲れ切った顔をしていた。

どうやら、聖女の派遣に関して、父である国王とかなり口論となったらしい。

聖女の損失を恐れる国王と、一刻も早い平和を望む王太子の諍《いさか》いは、王都にも聞こえてきたくらいだ。

貴族たちは国王派が多く、当然のように平民たちは王太子派だった。

だが大神官長からの進言と、「このままドラゴン討伐が長引けば、この国にも被害が出るかもしれない」というクラレンスの言葉で、とうとう国王も聖女派遣を決意してくれた。

「これでようやく、ドラゴンを討伐することができるだろう」

「どうして兄さんは、聖女を置いて行ったのかしら……」

リィネが口にした疑問は、ラネも、そしてクラレンスも同じように思っていたようだ。

「アキはアレクが自分の身を案じて止めたと言っていたが、それすらも本当かどうかわからない。むしろアレクはアキを嫌っていたはず。煩わしいから置いて行ったと言われた方が納得できるくらいだ」

「そうですね。私もそう思います」

クラレンスの言葉に、リィネも頷いた。

「真相は、アレクが戻ればわかるだろう」

今は、何を言っても想像でしかない。彼の帰りを待つしかなさそうだ。

◆◇◆◇◆

魔王を討伐したメンバーが揃えば、ドラゴンもすぐに退治できると思っていた。

けれど聖女アキは、ドラゴンが暴れている場所には行かず、まずペキイタ王国の王都に向かっていた。聖女として国王に挨拶をして、それから討伐に向かうという話だったが、そこで国王にもてなされ、数日も滞在していたらしい。

どうしてそんな話をリィネとラネが知っているのかといえば、あれから何度も屋敷を訪れたクラレンスから、聖女に対する愚痴を聞かされたのだ。

国王からは聖女が戻らなかったらどうするのだと責められ、聖女の派遣に賛成してくれた人たちさえも、ドラゴン討伐がなかなか終わらないことを責められ、王太子であるにもかかわらず、なかなかつらい立場にいるようだ。

そんな彼が本音を口にできる場は、ここしかないらしい。

国家機密に近いような話をするので、リィネもラネも最初は戸惑ったが、今では同情しているくらいだ。

一緒にいるノアも、日に日にやつれてきている気がする。

彼らのためにも、一刻も早いドラゴン討伐を願いながら、リィネとラネは屋敷の中でせっせと刺繍をして過ごしていた。

この日も、ようやく仕上がった刺繍を納品しようと、リィネと一緒にメアリーの店に向かった。

店の常連のとある夫人が、ハンカチを気に入って発注してくれたというストールはメアリーも絶賛してくれて、買取金額を上乗せしてくれた。

「想定よりもいい物を納品してくれたのだから、金額を上げるのは当然よ」

そう言ってくれたので、ありがたく受け取った。

町に出たついでに買い物をしていこうと、大きな公園を横切って商店街に向かう。

護衛の魔導師はメアリーの店までは同行してくれたが、このあとにどうしても果たさなければならない依頼があるらしく、そこで別れた。

迷う彼女に、まっすぐに帰るから大丈夫だと言ったのだが、商店街は帰り道の途中にある。

「私も次から、ハンカチを刺繍してみないかって言われたの」

刺繍を見てもらい、褒められたリィネは嬉しそうだ。

「そうね。リィネならきっと綺麗なものが作れると思う」

リィネの上達はラネの想像を遥かに上回っていた。これなら仕事にしても大丈夫だろう。

「ありがとう。ラネの教え方が上手だからよ」

ふたりで他愛もない話をしながら歩いていく。

大きな木がある遊歩道に差しかかったときのこと。

茂みから複数の人影が飛び出してきて、ふたりの周りを取り囲む。

「！」

あっという間の出来事だった。

助けを求めようにも、周囲には誰もいない。

ラネはとっさに手を広げてリィネを庇った。

全部で5人のようだ。皆、ローブを目深に被っていて、性別もわからないが、屈強な体つきをしているので男なのだろう。

「どっちだ？」

先頭に立っていた男が短く問う。

答えたのは、一番後ろにいた男だった。

「両方だ。どっちも貴重な聖女候補だからな」

(聖女って?)

馴染みはあるけれど、あまり良い印象を持たない言葉である。こんなにも緊迫している状態だというのに、思わずリィネと顔を見合わせていた。

「何も知らないようだな」

「……その方が好都合だ」

「そうだな」

男たちはそんな勝手なことを言いながら、ふたりを取り囲む。

(どうしよう……)

理由はわからないが、この男たちに捕まったらまずいことだけは間違いない。

ラネはリィネを背後に庇いながら、視線だけを動かして周囲を見渡す。

広い公園の遊歩道は、生い茂った木のせいで薄暗く、人通りが少ない。いくら近道とはいえ、こんなところを通ったことを後悔するが、今さら遅い。

何としても、リィネだけは逃がさなければ。

（アレクさんに、頼むって言われたんだから）

そう決意して、男たちを見る。一番小柄な男に目を付け、突撃しようとしたところで、急に背後から肩を引かれた。

「待った。今、突っ込もうとしたよね？」

「え？」

振り返ると、男たちと同じようにローブを被った者が、少し呆れたような声でそう言った。

新手かと身構えるも、どこかで聞いたような声だ。

「まったく無謀なお嬢さんだ。ちょっと待ってて、すぐ片付けるよ。逃げたり暴れたりしないでね。危ないから」

そう言って、あっという間に男たちを素手で制圧してしまった。

それは常人離れした動きであった。ラネもリィネも、呆気《あっけ》に取られてそのローブの男を見つめる。

「あれ、もしかして俺のこと、覚えていない？」

黒いローブを脱ぐと、どこかで見たことがある顔が現れた。

ひとつに結んだ茶色の髪。まだ少年の面影を残す容貌。

「ランディ？」

彼の正体に気が付いたのは、リィネの方が先だった。

その名前を聞いて、ラネもすぐに思い出した。アレクと出会うきっかけになった、路地裏でラネの腕を掴んだあの少年だ。

「あなた、どうしてここに？」

リィネの問いに、彼は肩を竦める。

「ずっといたよ。アレクに護衛を頼まれていたから」

「兄さんに？」

「アレクさんに？」

ふたりの声が重なり、ランディは頷く。

「そう。でも話はあとにしよう。今は早く屋敷に戻った方がいい」

「……そうね」

足元に転がっている彼らの仲間が、まだどこかにいるかもしれない。

リィネとラネはランディを連れて、急いで屋敷に戻ることにした。

「兄さんに頼まれたって、いつから？」

急ぎながらリィネが問いかけると、ランディは、アレクがドラゴン討伐のために王都を出る前だと答える。

「護衛はいるけど、念のために頼むって言われてね。あんたたちが町に出るときは、いつも遠くから見ていたよ」

護衛と離れて行動するなんて、と言われて、反省する。

大丈夫だと思っていたのだ。

でも、ランディがいてくれなかったら危なかった。

「ごめんなさい。それにしても、ランディって強かったのね」

リィネの言葉に、ランディは当たり前だと言う。

「俺が負けたことがあるのは、アレクだけだ。俺も、魔王討伐に付いていくはずだったのに、子供は連れて行けないなんて言って、あんな男を仲間にして。何が剣聖だ」

どうやら彼がもう少し大人だったら、エイダーの代わりにランディが魔王討伐パーティのメンバーになっていたようだ。

そう言われてみれば、恐ろしいほどの強さだった。

「それにしてもあんた、おとなしそうな顔をして、恐ろしいことをしようとしただろう？」

そう問いかけられて、ラネは曖昧《あいまい》に笑う。

「だって、リィネだけでも逃がさなきゃと思って……」

「無謀だよ。小柄だからって弱いとは限らない。俺みたいにね」

そう言うランディは、確かに圧倒的に強かった。

ランディに守られて屋敷に戻ると、彼はいきなり出迎えてくれたサリーにこう言った。

「王太子殿下に連絡を取ってくれ。ふたりが狙われた。保護してほしいって。アレクから、事前にそうしてくれと言われている」

「え？」

どうしてサリーにそんなことを、とか。

アレクはこんなことになると予測していたのか、とか。

聞きたいことはたくさんあったが、一瞬で青ざめたサリーは深く頷き、部屋で休む暇もなく迎えの馬車が来て、王城に連れて行かれてしまった。

ラネは、見上げるほど大きな城の前で思わずため息をつく。

（もう二度と来ないと誓ったばかりなのに）

どうしてこんなことになったのだろうか。リィネも状況を理解していないようで、周囲をしきりに見渡して、不安そうである。けれど、一緒に馬車に乗っているサリーもランディも、何も言わない。おそらく、人目につくところで話せることではないのだろう。

ラネも少し不安だったが、これがアレクの指示なら、きっと悪いことにはならない。成り行きに任せても大丈夫だという安心感があった。

迎えに来た侍女に案内されたのは、今まで来たことがある来賓用の部屋ではなく、もっと奥にある、王族の居住区のようだ。

自分のような平民が立ち入っていい場所とは思えなくて、ラネは思わず立ち止まる。

「王太子殿下が、この先でお待ちです」

不安そうな様子に気が付いたのか、侍女がそう言ってくれた。

この先に待っているのがクラレンスならば、きっと大丈夫だろう。そう思ったので、リィネと一緒に先に進んだ。

案内された部屋は、クラレンスの私室らしい。中には当然のようにノアもいて、ふたりでラネたちを出迎えてくれた。

部屋の広さに驚く暇もなく、応接間に通される。ふたりとも疲れ果てているのが見ただけでわかってしまい、さらなる揉め事を持ち込んでしまった身としては、申し訳なくなる。

「王都の公園で、このふたりが5人の男に襲われた。おそらく、ペキイタ国王の手の者だ。証拠はこれ。男のひとりが契約の指輪を持っていた」

ランディはクラレンスの疲れ切った様子には目もくれず、そう言って、いつの間にか奪っていたらしい指輪を彼に差し出した。

「……確かに、ペキイタ王国のものだ。君はどうしてその場に？」

「アレクに頼まれていた。俺にもよくわからないが、こうなることをある程度、予想していたようだ。もしペキイタ王国の者に狙われたら、サリーから王太子殿下に連絡を取らせて、ふたりを保護してもらえと言っていた」

「……そうか。アレクは、サリーが私の知り合いだと知っていたのか」

「え？」

リィネは驚いてサリーを見たが、彼女は何も言わずに頭を下げる。

そういえば、クラレンスはラネがキキト村の出身だと最初から知っていた。他にも、知らないはずの情報を知っていたことがあった。

勇者アレクの身内であるリィネを守るために、必要なことだったのかもしれない。

でも、何も知らなかったリィネは少しショックを受けたようだ。知らない間に自分のことが報告されていたのだから、当然だろう。

「すまない。私の指示であり、サリーはそれに従っただけだ」

クラレンスの謝罪にリィネは静かに目を伏せた。けれどすぐに顔を上げて、笑顔でこう告げる。

「兄さんが知っていたのなら、文句は兄さんに言うことにします」

クラレンスはそんなリィネを眩しそうに見つめ、すまない、ともう一度謝罪した。

「それよりも、どうしてペキイタ王国の国王陛下が、わたしたちを狙ったんですか？」

ラネは、先ほど聞いた信じがたい言葉を思い出しながら、クラレンスに問いかける。

「聖女候補、と言われました。聖女は世界にひとりしか存在しないはずです。どういう意味なのか、ご存じでしょうか」

「……」

クラレンスは、すぐには答えなかった。

重い沈黙が続いた。

そんな彼の様子から、間違いなく悪い話だと、ラネにもわかった。

隣にいるリィネが腕を掴んできた。その手も震えている。

やがて、クラレンスはため息をついたあと、ゆっくりと顔を上げた。まるで死人のように青白い顔に、背筋がぞくりとする。反射的に耳を塞ぎたくなるが、聞いたのは自分だからと、覚悟を決めてクラレンスを見上げた。

彼は静かにこう告げた。

「アキが死んだ。ドラゴンに喰われてしまったらしい」

「……っ！」

あまりにも衝撃的な内容に、言葉をなくす。

ラネの腕を掴んでいたリィネの手に、強い力が込められた。

さすがにランディも驚いたようで、目を見開いている。

「せ、聖女の力は……。魔物に対して圧倒的に、強いはず。それなのに、どうして……」

震える声で何とかそう呟いたラネは、いつかのアレクの言葉を思い出す。

わがまま放題の聖女に、彼はこう言っていた。

魔王が消滅した今、その力は不変ではない。あまり悪意のある行動ばかりしていると、聖女の力を失うことになる、と。

「まさか……」

「そう。アキの聖女の力は失われた。よりによって、ドラゴンと対峙しているそのときに」

悲鳴のような声がした。

それがリィネのものだったのか、自分のものだったのか、わからない。

ただ、この世界から聖女が失われたという事実に、呆然とするしかなかった。

幕間　聖女アキ

緑野亜紀は、どこにでもいる普通の大学生だった。

容姿も学力も、運動も普通。自分が人並みであることを自覚しながら、それでも「特別」に憧れていた。

誰かの特別になりたい。特別なことを成し遂げたい。

けれどそれには能力も努力も足りず、その他大勢の中に埋もれていくだけ。

そんな自分の人生が心底嫌になって、友人の誘いで簡単に道を踏み外した。

夜の町を歩くと、自分が特別になったような気がした。

若いというだけで、もてはやされる。

一緒に食事をするだけで大金がもらえて、それを使ってさらに外見を派手にしていくと、今までの友人がひとりもいなくなった。

代わりに、同じような恰好をした人たちと行動を共にするようになり、大学では目立つ存在になりつつあった。眉を顰める者もいたが、それすらも自分が特別になったようで楽しかった。

そんな日常のなか。

その日も真夜中まで街に出ていた亜紀は、ふと誰かに呼び止められたような気がして、足を止めた。

振り返ると、一瞬で全身が光に包まれた。

あまりにも強い光に固く目を閉じる。

（嫌だ、怖い……）

ふと空気が変わったような気がして、そっと目を開けると、信じられないような光景が広がっていた。

ヨーロッパの城のように、美しく豪奢な場所。

足元には、魔方陣のようなもの。

そして目の前には、たくさんの人たちがいて、亜紀に向かって頭を下げていた。

「え、何？」

思わずそう問いかけると、ゲームの魔導師のような恰好をした男が、恭《うやうや》しく言った。

「召喚は成功しました。このお方が、聖女様です」

「せ、聖女？　それって……」

見れば目の前にいる人たちは、すべて日本人ではなさそうだ。

「聖女様。お名前をお聞かせいただけませんか？」

「えっと、亜紀だけど」

「聖女アキ様。どうか、この世界をお救いください」


話を聞くと、どうやら亜紀は聖女として召喚されたらしい。

その手の小説があることは知っていたが、まさか自分の身に起きるとは思わなかった。

けれど戸惑いよりも、やはり自分は「特別な存在」だったのだという、喜びの方が勝った。

大聖堂という教会のような場所に連れて行かれ、そこで色々と試してみると、あっさりと聖女の力を使うことができた。神官の中には、亜紀の姿を見ただけで感動し、涙ぐむ者までいる。

元の世界ではテレビの中でしか見たことがないような、整った顔立ちの青年とも対面した。

銀色の髪をしているのが、この国の王太子であるクラレンス。淡い金髪をしているのが、その従弟で、公爵令息のノア。

どちらも、ずっと見ていたいほどの美形だ。

聖女ならやはり、王太子と結ばれるべきだろうか。でも、公爵も捨てがたい。どちらでも、聖女である自分が望めば喜ぶだろう。

魔王討伐の話が出たときも、怖くはなかった。

むしろ聖女召喚のテンプレだと喜んだくらいだ。亜紀にとっては魔王さえも、自分がもっと特別になるための手段でしかなかった。

けれど勇者アレクと引き合わされたとき、亜紀は自分が主人公ではないと知ってしまう。

彼こそが、まさに「特別」な存在だった。

光り輝く豪奢な金色の髪に、澄んだ青空のような瞳。付き添ってくれていたシスターに声をかけられるまで、亜紀は彼に見惚れていた。

屈強な冒険者が数人でも倒せないような魔物を、一撃で倒す力。それはまさしく勇者の力だ。けれど、彼はそんな力に溺《おぼ》れることなく、ひとりでも多くの人を救うために戦っている。

誰もが見惚れるほどの容貌。

圧倒的な力。

そして、高潔な心。

彼こそが唯一無二の、特別な存在だ。

勇者の存在を知ってからは、聖女の相手は勇者しかいないと思っていた。

けれど実際に会ってみて、彼だけはあり得ないとわかった。

一緒にいると、自分が紛《まが》いもののように感じて苦しい。

どうしようもないほど惹かれるのに、その青い瞳で見つめられると、自分が小さくつまらない者に思えて、いたたまれなくなる。

この世界では、勇者が誕生しても聖女が見つからなかった場合のみ、異世界召喚で呼び出して聖女とするらしい。

だから亜紀は、本物の聖女ではない。

ただの代理でしかないのだと、「本物」の勇者であるアレクを見る度に思い知る。

苛立《いらだ》ちを、傍にいるシスターたちに向けることが多くなった。彼女たちは、聖女の機嫌を損ねてしまった自分が悪いと、萎縮して謝罪を繰り返す。

それがますます亜紀を増長させた。

魔王討伐の旅に出てからも、アレクを見る度に、話しかけられる度に、理由のわからない焦燥感と劣等感に苛まれる。

「……私は特別よ。聖女なんだから」

胸の高鳴りとともに呟いていたその言葉が、自分に言い聞かせるためのものになったとき、自分と同じ目で彼を見ている人物に気が付いた。

同じパーティメンバーの剣士。エイダーである。

あれは自分と同じ。

「特別」に憧れ、ようやく手にしたと思ったのに、「本物」を目にしてしまい、諦めと嫉妬に苛まれている瞳だ。

話を聞いてみると、彼は山間にある小さな村の出身らしい。

子供の頃は同世代の幼馴染にいじめられ、いつか必ず復讐してやると誓って、剣を手にしたという。素質はあったらしく、それほど努力しなくとも名声を手にすることができた。

とうとう魔王討伐パーティにまで選ばれて、自分はもう小さな村の住人たちとは違う。特別な人間だと思っていた。

勇者に、アレクに会うまでは。

互いに同じ感情を抱いているのがわかって、エイダーと打ち解けるのに時間はかからなかった。劣等感に苛まれると、立場の弱い者に当たってストレスを発散するところも似ている。

エイダーと一緒にいると劣等感もなく、とても楽だった。

けれど彼には、村に幼馴染の婚約者がいるらしい。

「あんなに村の人たちが嫌いだと言っていたのに、どうしてその村の人と婚約したの？」

「ラネは村一番の美人で、皆がラネに恋をしていた。だから、先に奪ってやったんだ」

そういう理由なら、納得できる。

亜紀も、あまり興味がないのに、クラスで騒がれている男子生徒に近付いて恋人になったことがあった。クラスメイトの嘆きと妬みの視線が心地よくてしばらくは付き合ったが、飽きてきたので別れた。

「だったら、みんなの前でその人を手ひどく振ったら、もっとすっきりするわよ」

「え、ラネを？」

未練があるような様子に、初めてエイダーに苛立ちを感じた。

「そうよ。そんな田舎の村の幼馴染なんかと結婚したら、あなたは平凡な男に成り下がってしまうわ。あなたは剣聖の称号を得るのよ？　もっと特別な存在を娶るべきよ」

エイダーと自分は似ている。

だから、彼が飛びつく言葉ならよくわかる。

「例えば、世界にひとりしかいない聖女とか」

「アキを……」

エイダーの視線が熱を帯びる。

「だがアキは、アレクシスを……」

勇者アレクは、国王によってアレクシスと名付けられていた。いかにも平民のような短い名は、勇者にふさわしくないと。だが、彼自身はその名を嫌っているらしく、亜紀とエイダーはあえてそう呼んでいた。

「アレクシスよりも、あなたがいいわ。私はエイダーを選ぶ」

勇者に劣等感を抱えている彼が、その言葉に飛びつかないはずがない。

こうしてエイダーは亜紀の婚約者となり、幼馴染の婚約者には婚約解消を告げることもせずに、大勢の村人たちの前で結婚を発表した。

聖女と剣聖の権力を恐れた村人たちによって、彼女は村で孤立しているらしい。

「私もその女の絶望した顔が見たいわ。式に呼んでよかったわね」

エイダーの父から話を聞いた亜紀は、上機嫌で笑う。

村人たちを式に招待したのは、昔、自分たちが蔑んでいたエイダーがこれほど出世したのだと、もう自分たちとは違う世界の人間だと見せつけるためだ。

威張っていた村長の息子もすっかり萎縮していたらしく、その姿が滑稽だとふたりで笑い合った。

あとは、婚約者に捨てられた惨めな女の顔を見るだけ。

そう思っていたのに、その女は王城で開催された祝賀会に、よりによってアレクにエスコートされて現れた。

(どうしてあの女が、アレクシスと一緒にいるの？)

しかも、初めて見るそのラネという女性は、亜紀が一番嫌いな清楚系の美女だった。

アレクは彼女に丁寧に接し、彼がそんな態度をとるものだから、周囲の人たちも口々に彼女を称える。しかも、既に王太子とも親しげだ。

「……気に入らない」

嘘を言って貶めてやろうとしたのに、アレクには通用しない。それどころか、聖女と剣聖の結婚式の祝賀会だというのに、その女を連れて退出してしまった。

エイダーが、アキに焚きつけられるまでは、着飾ったその女に見惚れていたことも許せない。

しかもアレクは最後に、恐ろしい言葉を言い残した。

(私はこの世界で唯一の聖女よ。力を失うなんて、あり得ないわ)

ペキイタ王国にドラゴンが出没して、アレクがすぐに討伐に向かったときも同行しなかった。

彼が何と言おうと、聖女の力はこの身に宿っている。

さすがにドラゴン相手では勇者でも苦戦するだろうから、危機に陥ってから助けるつもりだった。なぜか彼が同行を拒んだことも、許せない。

(私がいなければ倒せないのに、どうして危険だから来るな、なんて)

あのときのアレクの態度からして、亜紀を案じてくれたとは思えない。

理由がわからないからか、再び夜会に現れたラネに無理やり謝罪させ、もう二度と王城に来ないと約束させたのに、すっきりしない。

ドラゴンを倒し、アレクに自分の力を認めさせるしかないのだろう。

そう思った亜紀は夫となったエイダーを連れて、ペキイタ王国に向かった。

国王から何度も丁寧な招待を受けていたので、もちろん先に王都に向かい、熱烈な歓迎を受ける。若くて美しい国王に、エイダーが嫉妬しているのも心地よい。

(そうよ。私の力でドラゴンを倒せば、アレクだって認めてくれるはず)

そう思っていた。

ようやく向かったドラゴンとの戦いの場は、想像以上に荒れていて、激戦だったことがわかった。

町だった場所は瓦礫《がれき》の山となり、負傷して動けない騎士団の逗留所には、疲れ果てた顔のシスターが駆け回っている。

濃い血臭と崩れた瓦礫の埃っぽさに、亜紀は顔を顰めた。

討伐に時間がかかっているのは、ペキイタ王国の王が自国の騎士団を戦闘に参加させたせいだ。彼らを守り、負傷した騎士を後方に下げたりしている間に、ドラゴンは回復してしまう。

もしアレクと大魔導師となったライードのふたりだったら、もう終わっていただろう。

こんな状況でもう何日も戦い続けているアレクは、さすがにいくつか傷を負っていたが、その瞳に宿る光は強く、僅かな陰りもない。

足手まといになっている騎士たちに苛立つようなこともなく、むしろ気遣う様子さえ見せていた。

「アキ、なぜここに」

アレクは亜紀とエイダーに気が付くと、険しい顔をする。

「危険だと言ったはずだが」

「私がいなければ討伐できないのに、そんなことを言ってもいいの？」

わざと呆れたように言ってみるが、アレクは気にもしていない。

「私は聖女よ。あなたに心配される必要はないわ。エイダーとドラゴンの様子を見てくるから、負傷者の確認をしてきて。あとで治療するわ」

「……わかった」

負傷者の治療をすると言えば、アレクが逆らわないのはわかっていた。

だから、あらかじめペキイタ王国の王と相談したようにアレクを現場から離し、何も知らない数名の騎士を連れてドラゴンに近寄る。

（犠牲者を極力出さないようにしているから、長引くのよ。最小の犠牲で勝利を勝ち取った方がいいに決まっているじゃない）

ペキイタ国王も、長引く戦いに不安を募らせていた。

ある程度の犠牲は仕方がないので、早く終わらせてほしいと願っていた。

そこで、身分の低い騎士を囮《おとり》にして、ドラゴンが彼らに気を取られているうちに、亜紀とエイダーでドラゴンを倒す作戦を提案した。アレクが反対するのはわかっていたので、理由を付けて彼を遠ざけた。

　こうすれば、ドラゴンを討伐したのは、尊い犠牲となったペキイタ王国の騎士。そして聖女と剣聖である。

「さあ、ドラゴンの傍に。大丈夫よ。私の結界が守っているから」

　もちろん結界など張っていない。

　彼らはそれを信じて、恐る恐るドラゴンに近付いていく。

「急いで。躊躇した人には回復魔法をかけないわ」

　そう脅すと、彼らは勇気を振り絞ってドラゴンに駆け寄った。

「エイダー」

　亜紀は夫の名を呼ぶと、ドラゴンが哀れな騎士たちに襲いかかっている間に、隙をついて倒すつもりだった。

　けれど。

「え？」

　ドラゴンを拘束して弱らせるはずの魔法が、発動しなかった。

　殺気に気が付いたドラゴンは振り返り、その紅い瞳が亜紀とエイダーの姿を捉える。

「アキ、どういうことだ？」

「わ、わかんない。急に魔法が発動しなくて……」

ふと、アレクの言葉が蘇る。

魔王が消滅した今、その力は不変ではない。あまり悪意のある行動ばかりしていると、聖女の力を失うことになる。

（嘘よ。そんなはずはないわ。私は特別な聖女なんだから）

焦りながら何度も試してみるが、魔法はすべて使えなくなっている。

凄《すさ》まじい悲鳴が聞こえて顔を上げると、エイダーの両手がドラゴンに噛み千切られていた。

「ひぃぃ」

思わず悲鳴を上げながら、必死に逃げようとする。

もう少し逃げれば、アレクがいる。

彼ならきっと助けてくれる。

けれど下半身に鋭い痛みが走って、亜紀は悲鳴を上げた。

必死に逃げようとしているのに、もう歩くことができない。

激痛とともに、意識が途切れていく。

「私は……」

特別な聖女なのに、と言いたかったが、もう声は出なかった。

凄まじい悲鳴が聞こえてきて、アレクは足を止めた。

それは、聖女アキに治療してもらいたいペキイタ王国の騎士を、ひとつのテントに集めていたときだった。

女性の悲鳴だと気が付いて、アレクは走り出す。

「おい、アレク。今のは……」

他のテントから、仲間の魔導師ライードが駆け出してきた。

「おそらくアキの声だ。ドラゴンに近付いたのか」

「何か企んでいる気がしたが、まさか……」

聖魔法を使えば、簡単に倒せると思ったのかもしれないが、このドラゴンは自分の傷を簡単に癒やしてしまう。闇雲に戦って勝てる相手ではない。

しかも、人喰いドラゴンだ。

急いで駆け付けると、現場は血の海になっていた。

生き残っているのはエイダーだけ。だが彼も、両手を失って痛みに転げ回っている。

「ライード、エイダーを頼む」

「え？　お前は？」

「ここで食い止める」

これ以上被害を出すわけにはいかない。

アレクは他に生存者がいないことを確認すると、ドラゴンに剣を向けた。

堕落して聖属性を失ったアキだったが、魔力だけは残っていたようだ。

豊富な魔力を持つアキを喰らってさらなる力を蓄えたドラゴンは、地鳴りするほどの声で咆《ほう》哮《こう》する。

「早く避難しろ。間に合わない」

「……っ。わかった」

ライードは暴れるエイダーを拘束して、そのまま転移魔法で移動した。

仲間が安全な場所に逃げたことを確認すると、アレクは剣を握り直す。

こうなる予感はあった。

だからアキを近付けないようにしていたのだが、最期まで彼女が改心することはなかったようだ。

まさか、自分がいない間にドラゴンを討伐しようとするとは。

しかも複数の騎士を囮にして。

聖女がそこまで堕落するとは、さすがにアレクも思わなかった。
失われた聖女。
もう剣を持てない剣聖。
そして、さらに狂暴化したドラゴン。
状況は最悪だった。
けれど負けるつもりはない。
大切な妹と、そしてラネが待つあの場所に戻らなくてはならない。
ふと、あのとき受け取りに行くはずだった、ふたりのドレスのことを思い出す。
薄紅色のドレスは、ラネにきっとよく似合うだろう。
「見に行かなくてはならないな」
そう呟くと、剣を握り直した。
きっとすぐに終わるだろう。

4章　新たな聖女の目覚め

クラレンスの衝撃的な発言のあと、部屋の中は静寂に包まれた。

誰もが思い詰めたような顔をして、俯いている。

静かな声で、クラレンスは経緯を話してくれた。

「アキはペキイタ国王の許しを得て、その国の騎士を囮にした。ドラゴンに喰われることが前提の、生贄《いけにえ》のようなものだ。そして聖女の力で一気に討伐しようとしたらしい」

「ひどい……」

あまりにも非道な作戦に、ラネは思わず声を上げていた。

どんなに性格が悪くても、聖女として選ばれた人間だ。きちんと聖女としての役目は果たしてくれると思っていた。

それなのにアキは、人の命をそんなに軽く考えていたのか。

「アレクさんが、そんなことを許すはずがないわ」

思わずそう言うと、クラレンスも即座に頷いた。

「もちろんだ。だからアキは、ペキイタ王国の騎士の治療をするから、優先する者を選んでほしいとアレクに言った。そうして彼を現場から遠ざけて、作戦を実行したらしい」

犠牲になったのは身分の低い騎士たちで、彼らも聖女の力で守るから大丈夫だと言われて、ドラゴンに突撃させられた。

あのドラゴンは人喰いだ。

騎士たちはひとりも残らなかったという。

それは恐ろしい地獄のような光景だったに違いない。

現地の有様を想像して、ラネは青ざめた。

やつれた顔をしたクラレンスが、深く息を吐く。

「確かにドラゴン討伐は長引いていた。多少の犠牲も仕方のない状況だったのかもしれない。だが、あれほど長引いたのは、ペキイタ国王が自国の騎士を無理に討伐に参加させたからだ」

「どうして、わざわざそんなことを」

「国を脅かしていたドラゴンの討伐を、勇者ひとりの手柄にしたくなかったのだろう」

しかし、その代償は大きかった。

ペキイタ王国は、聖女が失われた地となってしまった。

「それでも、アキが亡くなってすぐにリィネとラネを攫おうとしたのだから、ペキイタ国王も、アキの今までの所業は知っていたのかもしれない」

アキならば聖女の力を失うこともあるかもしれないと、以前からアレクの周囲を調べていた可能性もある。

「……あの男は、私たちが聖女候補だと言っていました。それは、どういう意味でしょうか？」

俯いていたリィネが、顔を上げてクラレンスに問いかける。

彼は話を整理するかのようにしばらく黙っていたが、やがてすべてを語ってくれた。

「聖女が寿命以外で亡くなると、新しい聖女が誕生することがある。とくに、魔物との戦闘で命を落とした場合はその可能性が高い。そして新しい聖女は、勇者に深く縁がある女性に限られている」

「え……」

リィネとラネは顔を見合わせた。

アレクの妹であるリィネ。そして、彼と関わりが深いラネ。

このふたりがアキの代わりに聖女になるかもしれないと、クラレンスは言っているのだ。

「リィネはともかく、わたしなんて」

ラネは慌てて否定した。

アレクと出会ってからまだ間もないし、深いと言い切れるような関係でもない。

「いや、アレクには今まで懇意にしている女性はひとりもいなかったから、間違いなく君が一番親しい女性だ。それに君たちを襲った男たちも、ふたりを聖女候補だと認定していた。そうだな？」

クラレンスが確認するようにランディに視線を向けると、彼は頷いた。

「はい。ふたりとも貴重な聖女候補だと言っていました」

「こうなってしまうと、君たちが聖女候補かどうかよりも、襲われたことの方が重要になるだろう。まして、アレクに保護してほしいと頼まれている。すまないが、ふたりとも私の保護下に入ってもらうことになる」

ペキイタ国王は、アキを聖女として丁重に迎え入れ、共同でドラゴン討伐の作戦を立てながらも、裏ではアキの後任となる聖女候補を確保しようとしていた。

相当、腹黒い男のようだ。

まだ何か企んでいる可能性があるから、警戒した方がいいとクラレンスは語った。

「……わかりました」

クラレンスの言うように一度襲われていることを考えると、彼に保護してもらうのが一番だろう。

ラネは納得して頷いた。

もちろんリィネも同意した。

「王城内に部屋を用意させよう。アレクが帰ってくるまで、あの屋敷には戻らない方がいい。必要なものはサリーに運ばせる」

「あの、刺繍の仕事をもらったんです」

リィネは、慌ててそう言葉を挟んだ。訴えかけるような視線を、サリーに向ける。

「刺繍の道具を持ってきてください。初めての仕事なので、ちゃんとやり遂げたいから」

「……わかりました。仕上がったら、私が納品に参ります」

サリーの返答に、リィネはほっとしたようだ。もちろんラネも仕事道具を持ってきてくれるように頼んだ。

「何か他に希望はあるか？」

「ラネと同じ部屋にしてほしいわ。ひとりだと怖くて」

「わたしも、リィネと一緒がいいです」

ラネも同じことを頼もうと思っていた。王城にある部屋はどれも広く、ひとりきりで過ごすには心細い。

「わかった。そう手配しよう」

クラレンスは王城内でも特定の者しか入れない王族の居住区に、ふたりの部屋を用意してくれた。

食事を運んでくれるのも、お茶を淹れてくれるのもサリーだけ。

部屋からは極力出ないようにと言われていたが、もともと王城内をうろつくつもりはない。

「ラネと一緒の部屋にしてもらってよかった」

身体が沈み込みそうになる豪奢なソファーに腰を下ろして、朝から熱心に刺繍をしていたリイネは、そう言って顔を上げた。

「ひとりだったら色々なことを考えてしまって、落ち込んでいたかもしれない」

「そうね。わたしも」

ラネも同意して、深く頷いた。

襲われたこと。

ペキイタ王国で戦っているアレクのこと。

そして、非業の死を遂げた聖女アキのこと。

あのあと、クラレンスは話さなかったが、ランディがエイダーのことを教えてくれた。

聖女と一緒にいたエイダーは両手をドラゴンに喰われてしまい、命は助かったものの、もう二度と剣を持てない身体になってしまったらしい。今はペキイタ王国に一番近い教会で静養しているが、傷の痛みと熱にうなされていると。

ラネを裏切った人だ。

けれど、当然の報いだとは思えなかった。

少しでも早くその傷が癒えることを祈っている。

「ねぇ、ラネ」

そう声をかけられて、我に返る。

「なぁに？」

「ラネは、聖女になりたいと思う？」

「それは……」

即答することができず、ラネは口を噤《つぐ》んだ。

聖女の力は、道を踏み外すと失われてしまう。もし聖女に選ばれたとしても、いつアキのように無惨な死を遂げるかわからない。

それを思うと、確かに怖い。

(でも……)

聖女の力は、魔物に対して圧倒的な強さを持っている。

「アレクさんを助けられる力なら、わたしは求めてしまうかもしれない」

正直にそう告げると、リィネは驚いたように目を見開く。

アキの悲惨な死にざまを聞いたあとで、ラネがそう言うとは思わなかったのだろう。

「兄さんを助けてくれるの？」

「わたしの手助けなんていらないかもしれない。でも、わたしはそう思っているわ」

こんなことを言えば、アレクに好意を抱いていることがリィネにもわかってしまうかもしれない。

でも、想いはもう溢れてしまいそうで。

アレクの傷を癒やせたら。

その敵を、打ち砕くことができたら。

そう願ってしまうのだ。

「……ラネ、ありがとう」

リィネの瞳から涙が溢れ出る。

彼女はその涙を拭《ぬぐ》おうともせず、そのままラネに抱きついた。

ふいに泣き出した彼女に驚くも、その身体を受け止めて抱きしめる。彼女にも、ラネの知らない苦労があったのだろう。

「もし私が聖女になったとしても、兄さんはひとりで戦うわ。私は、兄さんにとって守らなくてはいけない妹だから」

やがて少し落ち着いたのか、リィネが少しずつ思っていることを語ってくれた。

彼女の言う通りだと、ラネも思う。いくら聖女になって強い力を得たとしても、アレクが妹を戦わせるとは思えない。

「でもラネなら……。あんなにひどい目にあったのに、卑屈になることもなく、人を恨むわけでもなく、前を向いて生きているラネなら、兄さんと並んで戦えるかもしれない。ラネの傍でなら、兄さんは安らげるかもしれない」

泣き続けるリィネの背を、ラネは優しく撫でる。

「わたしも、そうなりたいと思う」

聖女になれるかどうかわからないのに、こんなことを話すなんておかしいのかもしれない。でも、ラネの想いは本物だ。何があってもけっして揺るがない。

「アレクさんから、嫌だと言われる可能性もあるけどね」

本人の了承を得ていないのに、勝手に盛り上がっていると気が付いて、途端に恥ずかしくなる。

けれどリィネは静かに首を振る。

「そんなことはないわ。兄さんはきっと、ラネを特別に想っている。そうじゃなかったら、家に連れてきたり、私に会わせたりしないもの。兄さんが勇者だとわかってから、色々なことがあったから」

そうして彼女は、昔のことを語り出した。

「私たちの両親が死んでしまったのは、私が8歳のときだったわ。父さんと母さんは行商をしていたんだけど、旅の途中で馬車が魔物に襲われたらしいの。兄さんは私を養うために、12歳で冒険者になった」

今から10年前のことだと、リィネは語る。

行商をしていた両親はもともと留守にしがちだったが、アレクはよくリィネの面倒を見てくれた。

兄は両親がいるときは手伝いをし、不在のときは妹の面倒を見て、遊んでいるところを見たことがないと、リィネは語る。

「兄さんも最初から強かったわけじゃない。冒険者になってすぐは、よく怪我をして帰ってきて。私は兄さんまで死んでしまうかと思うと怖くて、毎日のように泣いていたわ」

行かないでと泣き叫んだ。

けれど、どんなに無謀でも、依頼を果たさなければ食べていけない。

頼りにできる身内もいなかった。

「両親はどちらも家族を魔物に殺されていて、孤児院育ちだったの。だから、私たちに親戚なんてひとりもいなかったわ」

近所の人たちはとても親切にしてくれたが、他人の子供を養えるほど余裕のある者はいない。

「私があまりにも泣くものだから、そのうち兄さんは怪我をしても隠すようになってしまって」

それが悪かったと、リィネは苦しそうに告げる。

「ちゃんと受け止めるべきだった。両親がもう戻ってこないことも、兄さんが必死に私を守ろうとしていたことも。それなのに泣いてばかりいて、ただ重荷になってしまっていた」

「リィネ……」

まだ幼かったリィネが、両親の突然の死を受け止められないのも仕方がない。今度は兄まで失ってしまうのかと思って、泣いてしまうのも当然のことだ。

「まだ小さかったのよ。無理もないわ」

そう言って慰めたが、彼女は首を振る。

「でも、私がもっとしっかりしていたら、兄さんの負担は確実に減ったわ」

そして、リィネが10歳になった頃に、その事件は起きた。

仕事に出かけた兄のあとを追って家を出たリィネは、路地裏に迷い込んでしまい、人攫いに捕まった。

両親を亡くし、ふたりだけで暮らしていることは、近隣でも知られていた。とくにリィネはその美しい容貌で、以前から目を付けられていたらしい。

子供の頃のリィネは、輝くような美少女だったことだろう。

「すぐに兄さんが助け出してくれたから、大事には至らなかった。でも、私をひとりで家に残しておくのは危険だと、周囲の人たちにも諭されたみたいでね」

近所の人たちはとても親切にしてくれたが、彼らにもそれぞれの暮らしがある。ずっとリィネを見てくれることはできない。

「兄さんは私を数年間、父さんと母さんが育った孤児院に預けることにしたの」

事情を知った孤児院では、リィネを受け入れてくれた。

「まだ両親のことを覚えている人もいて、とても親切にしてくれたわ。でも……」

だが兄に守られ、泣いてばかりいたリィネを、ひとりで生きる孤児院の子供たちは気に入らなかったようだ。頻繁に兄が訪ねてきて、リィネのために服や日用品などを持ってくるのも妬ましかったのだろう。

リィネは仲間外れにされ、いじめられて、最後まで友人はひとりもできなかった。

「今思えば、当然よね。でも私は本当に愚かで、自分のことしか考えられなかった。早く迎えに来てほしいと、兄さんに泣きついて……」

「リィネ……」

過去を悔いるように話す彼女に、どんな言葉をかけたらいいのかわからなかった。

毎日のように泣いている妹の姿に、アレクは早くリィネと安定した暮らしを手に入れなくてはと焦り、危険な依頼を受けるようになってしまう。

そのときの依頼も、魔王の配下を倒すという危険なものだった。

強い意志と恵まれた才能で頭角を現していたとはいえ、あまりにも無謀な依頼だった。

「あのとき、兄さんが勇者として目覚めていなければ、死んでしまっていたかもしれない」

当時のことを思い出したのか、青ざめた顔でリィネはそう語る。

追い詰められたアレクは、リィネをひとり残しては死ねないと、強く思ったのだろう。

勇者として目覚めたアレクは魔王の配下を倒した。

もともとは、複数の冒険者に相手をさせて魔王の配下を弱らせ、それから高位の冒険者に討伐を依頼する予定だったそうだ。アレクが受けた依頼は、アキに利用されてしまったペキイタ王国の騎士と変わらない、捨て駒のようなものだった。

けれど、アレクはその配下を倒した。それで得た膨大な報酬で王都のあの屋敷を買い、リィネを迎えに来たのだ。

そこで暮らすようになってから、なるべく屋敷から出ないように言われた。ときどき窮屈になって外に出たこともあったけれど、それでも護衛の女性によってすぐに連れ戻された。

「勝手だったと思う。兄さんが私のために頑張ってくれていたのに、故郷の海が恋しくなって……」

「アレクさんも故郷の海のことを懐かしそうに話してくれたわ。だから、リィネの気持ちはわかっていると思う」

そう伝えると、リィネは少し笑った。

「私の前では、兄さんは故郷の話は絶対にしなかった。やっぱりラネには、話していたのね。兄が自分も故郷を懐かしいと思っていることを、話せる人がいてよかった」

ありがとうと、繰り返し伝えられる。

妹を守るために戦っていたアレクは、今度は世界を守るために戦うことになる。

「でも私が、兄さんが勇者だったと知らされたのは、魔王が倒されたあとだった。兄さんはきっと、私がまた不安になって泣いたりあとを付いて行ったりすると思ったのよ。そんな私が聖女の力を得たとしても、兄さんの助けにはならない。もっと負担になるだけだわ」

静かに話していたリィネの瞳に、また涙がこみ上げる。

「魔王を討伐できなかったとしたら、命を賭けて封印するしかない。だから、あの屋敷も兄さんが冒険者として得た収入も、すべて私の名義になっていたわ。兄さんは覚悟をしていた。でも、それすらも伝えられないほど、私は弱かったの」

そんな兄が女性を連れて帰ったと聞いたとき、リィネは本当に驚いた。

それが、ラネだったようだ。

「最初は、いつものように人助けだと思ったの。話を聞いたら、とてもひどい目にあっていたから。でも……」

あの兄が、ラネに妹を頼むと言った。

その言葉だけで、兄にとって特別な女性だとわかったとリィネは言う。

「私の初めての友人にもなってくれて、嬉しかった。勝手かもしれないけれど、私では無理なの。どうか、兄さんを助けて」

「……うん。そのつもりよ」

ラネは頷いて、俯くリィネを抱きしめる。

まだ幼い頃に両親を亡くし、兄までいなくなってしまうのかと泣いて怯えたリィネが、弱かったとは思わない。

幼い頃にそれだけの経験をしてしまえば、仕方がないことだ。

でもリィネが弱いままだとしても、構わない。アレクがいないときは、自分が守るだけだ。

守りたいと強く願った。

リィネだけではない。

この世界の人々すべてが、もう魔物の脅威に怯えることなく平和に暮らすことができたら。

もう二度と、魔物に家族を殺されることがない世界を作れたら。

ラネはそう願いながら、そっと目を閉じる。

胸の中に小さな光が宿った気がする。

それはまだ小さくて何の力もないけれど、大切に育てれば、いつか世界を覆うほどの大きな光になる。

そんな予感があった。


不安な心とは裏腹に、クラレンスの保護下で平穏な日々が続いた。

ペキイタ王国は、突然の聖女の死でかなり混乱している。情報がなかなか入ってこないと、クラレンスは苦悩していた。

さらに国王陛下が、ペキイタ王国に聖女の死の責任を追及しているらしい。

「それと同時に、弟が私にも責任があると言っている。確かに、聖女にペキイタ王国に行ってもらえないかと頼んだのは、私だ。貴重な聖女を危険な戦場に追いやって死なせた。そう言われても仕方がない。責任がないとは言い切れない」

ふたりの部屋を訪れたクラレンスは、少しやつれた顔でそう言った。

「そんな……」

リィネは不安そうにクラレンスを見た。彼を案じているのだろう。

「この国にいても、いずれアキは聖女の力を失っていたわ」

「わたしも、そう思います」

ラネもその言葉には同意した。

「そうだね。けれど、ペキイタ王国でアキが亡くなったのは事実。責任を取って、王太子の地位を返上するつもりだ」

衝撃的な言葉に、ラネは声を震わせる。

「わたしが……聖女の言うことを聞いてしまったから」

アレクを助けたい一心で、聖女の提案を受け入れてしまった。その出来事が、聖女が旅立つ原因のひとつとなったのは間違いない。

けれどクラレンスは、ラネに責任はないと、きっぱりと言った。

「最初から聖女はドラゴン討伐に向かうつもりだった。だから、誰かが責任を取らなくてはならないのだとしたら、それは私の役目だ」

ノアはすべてを承知しているらしく、何も口を挟まなかった。

クラレンスは公平で優しく、即位したらきっとよい王になっただろう。それなのに、こんな言いがかりのような騒動で地位を返上しなければならないことに、やるせない気持ちになる。

「ただひとつ問題がある。弟が聖女候補の噂を聞きつけて、ふたりを狙っているらしい」

「え？」

ラネは思わずリィネを守るように手を握りしめた。

「狙っているとは……」

「次期国王の伴侶には、聖女がふさわしい。そう思っているようだ」

独りよがりの妄想だが、問題は、相手が第二王子だということだ。リィネもラネも平民で、アレクが不在の今、権力から身を守る術《すべ》はない。

「そこで、リィネには私の婚約者を装ってほしい」

不安そうだったリィネは、クラレンスの申し出に、唖然とした様子で彼を見上げる。

「婚約者？」

「そう。まだ私は王太子だからね。その婚約者とあれば、弟はもちろん、ふたりを攫おうとしたペキイタ国王も容易に手出しはできないだろう」

クラレンスの申し出は、最善だとラネも思う。彼の身分ならリィネを守れるし、何よりも誠実な人だ。

「ラネは？」

「ラネには、アレクがいる。彼女は勇者の婚約者とするのが、一番いいと思う」

「え……」

「それがいいわ！」

先ほどとは逆に、今度はラネが困惑し、リィネが賛成の声を上げる。

「兄さんがラネをエスコートしていたのは、たくさんの人たちが目撃しているもの」

「そう。何よりも世界を救った勇者の婚約者を奪うなど、たとえ誰であっても許されない。これ以上安全な肩書はない。どうだろうか？」

「ど、どうと申されましても……」

アレクに恋をしているラネとしては願ってもないことだが、肝心のアレクの意思が伴わなくては意味がない。

「アレクさんの承諾なしに、そんなことをするわけには……」

「兄さんなら、むしろ喜ぶと思う」

「アレクが拒絶するとは思えないが」

「むしろ、もう婚約しているかと」

リィネ、クラレンス、ノアに次々にそう言われて、ラネは頰を押さえる。

顔が熱くて、赤らんでいるのが自分でもわかるくらいだ。

アレクをよく知る3人がそう言うのなら、期待してもいいのだろうか。

「じゃあ、ラネは兄さんの婚約者で。でも、私は兄さんの妹というだけの平民よ。いくら聖女になる可能性があるとはいえ、クラレンス様の婚約者として認められるとは思えないわ」

リィネが不安になるのもわかる。

アレクは勇者とはいえ、身分はラネと同じである。けれどクラレンスは、この国の王太子なのだ。

長い歴史の中で、勇者は何人も誕生している。皆、魔王封印を成し遂げているが、その死後、勇者の親族が取り立てられたという話は聞いたことがない。

だが、クラレンスは問題ないと言う。

「身分を気にしているのなら、たいした問題ではないよ。アレクは普通の勇者ではないからね」

最初に会ったときとは比べ物にならないほど打ち解けた様子で、クラレンスはそう言った。

「今までにも勇者は何人も存在した。表向きは世界を救った勇者としてその功績を讃えているけれど、実際には、その待遇はあまりよかったとは言えない。魔王の封印のための犠牲。生贄のようなものだった」

「そんな……」

アレクもそんな扱いを受けるところだったのか。そう思うと、彼が妹のリィネに何も言わずに旅立った気持ちがわかる気がする。

（それなのに、わたしは……）

魔王が討伐されたと聞いたとき、ラネはただ喜んだ。これでようやくエイダーが帰って来ると、胸を高鳴らせていた。

それが、彼の犠牲の上に成り立っていたかもしれないと思うと、胸が痛い。

「だが魔王は討伐され、１０００年の平和が保証された。アレクは魔王を倒した初めての勇者であり、以降、１０００年は勇者が誕生しないということでもある」

１００年に一度と１０００年に一度では、重みが違うと考える者もいる。クラレンスは言葉を選びながらそう言った。

「もちろん今の平和は、歴代の勇者が命がけで掴み取ってくれたもの。その恩義を忘れてはならないと思う」

１００年に一度、平和のための生贄のように選ばれていた勇者ではなく、魔王を倒した唯一の勇者であり、以降、あと１０００年は誕生しないだろう勇者である。

そう思えば、アレクの妹であるリィネにも価値があると考える権力者は多いのだろう。

まして、聖女候補だ。

勇者と同じように聖女もまた、あと１０００年は誕生しない。王家にその血が入ることを歓迎する者も多いだろう。

「クラレンス様は、違うのですか？」

不敬だとわかってはいたが、ラネはそう問わずにはいられなかった。

「ラネ」

リィネが止めようとしたが、アレクに妹を託された以上、たとえ罰せられても、これだけは聞かずにはいられなかった。

「私が、王太子の地位を守るためにリィネを利用するのではないか。そう危惧しているのか？」

「……はい」

両手を固く握りしめて頷くと、クラレンスは怒りを表すこともなく、穏やかに頷いた。

「そうだね。そう思うのも、無理はない。リィネは勇者アレクの妹であり、聖女候補だ。もしリィネを妻にしたのなら、私も王太子でいられる可能性がある。だが、アレクを敵に回したこの国に未来があるとは思えない」

そうきっぱりと言う。

「アレクさんが敵に？」

「ああ。彼はとても愛情深い人間で、妹のリィネを大切にしている。勇者らしい博愛を持ち合わせてはいるが、大切な人を害する者には容赦しない。覚えがあるよね？」

クラレンスにそう言われて、思い出す。

エイダーの仕打ちを知ったとき、アレクはとても怒ってくれた。

「そういえば、エイダーを殴ろうとしていました」

「今となっては、彼はあのとき、アレクに殴られて再起不能になっていた方がしあわせだったかもしれない。私も、リィネを利用したなんて知られたら、同じようになるよ。王になる以前の問題だ」

「……そうですね」

あのときのアレクを見ているので、否定することもできずに俯いた。

だとすれば、あの当時からアレクはラネを大切に思ってくれていたのだろうか。

そう思うと、つい恥ずかしくなって頬を押さえてしまう。

「それに、誰かが聖女の死の責任を取らなくてはならないのなら、私がそうするべきだ」

聖女の死はあまりにも重く、他の者では死罪になる可能性すらあると言う。

どんなに横暴で、堕落して聖女の能力を失っていたとはいえ、アキは正式な聖女だった。

「ですが……」

リィネを狙っていた王子が王太子になるのも、問題ではないか。そう思ったラネの気持ちがわかったのか、彼はこう付け加えた。

「私には、弟がふたりいる」

ひとりは例の第二王子レーダイヤであり、クラレンスと同じ正妃の子である。もうひとりは側妃の子で、第二王子よりも1歳年下だという。

「残念ながら、実の弟のレーダイヤよりも、異母弟の方が王太子の素質があるようだ。身分の問題はあるが、ノアと公爵家が後ろ盾になれば問題ないだろう」

「あなた以外の人に、仕える気はなかったのに」

ずっと黙っていたノアが、ぽつりとそう言った。押し殺した声には、クラレンスに対する友情と忠誠が込められていた。

それでも引き留めないのは、クラレンスが疲れ果て、今にも倒れそうな顔をしているからだろう。初めて出会ったときよりも、彼はずいぶんと痩せていた。あの輝かしい笑顔は、とうに失われている。

王と貴族。そして聖女と王の間を取り持ち、ドラゴンの件ではペキイタ王国をけん制しつつも連絡を取り合っていた彼は、見てわかるほどに疲弊《ひへい》していた。

「クラレンス様は、これからどうなさるのですか？」

リィネが尋ねると、彼は目を細める。

「そうだね。どこか景色のいい場所で、静かに暮らせればと思うけれど」

「でしたら、私の故郷に行きませんか。海がとても綺麗なんです。兄さんとラネと、そしてクラレンス様と一緒に暮らしたら、きっと楽しいわ」

明るくそう言ったリィネの言葉に、クラレンスが目を見開く。

そして、嬉しそうに笑みを浮かべた。

「海か。それはいい。そんな楽しみが待っているのなら、あと少し頑張れそうだ」

ラネは、視線を交わし合うクラレンスとリィネを見つめる。

ふたりはきっと、互いに好意を抱いている。

さっきは思わず口を出してしまったが、身分の問題さえなければ、お似合いだと思う。

今まではリィネとラネ、そしてアレクの3人だったけれど、愛情で結ばれた家族が増えるのは嬉しいことだ。

(家族だなんて、気が早いわ……)

リィネとクラレンスも、ラネとアレクも、偽装婚約なのだからと、先走る気持ちを抑えるように、深呼吸をした。

アレクの屋敷で、3人で過ごした日々はとてもしあわせなものだった。

でもこれからは、4人になるのかもしれない。

一方王城では、王太子が女性を引き入れたと噂になっているらしい。

しかも、ふたりともまったく外に出ていないから、噂だけがあらぬ方向に広がっていた。おそらくその女性がリィネとラネだと掴んでいない第二王子のレーダイヤが、兄の瑕疵《かし》にしようとして騒いでいるようだ。

だが逆にそれを利用して、正式にではないが婚約者として発表してしまおうと、クラレンスが言う。

「公表さえしてしまえば、誰も君たちに手出しはできないからね」

「わかりました。私はそれでいいです。ラネはどう？」

リィネがきっぱりとそう答え、ラネを見た。

「わたしも、もちろんいいわ。アレクさんがどう思うかだけ、少し気になるけれど」

ドラゴンとの死闘を繰り広げているところで、まったく身に覚えのない婚約話を聞いてどう思うだろう。

「喜ぶに決まっているわ。私も、暫定的とはいえクラレンス様の婚約者となるのだから、もう少ししっかりしないと」

出会った頃よりも大人びた顔で、リィネがそう言う。

アレクが一番喜ぶのは、きっと妹の成長だろう。

ラネは、その姿を見てそう思う。

ふたりの同意を得ると、クラレンスはすぐに行動した。父である国王にリィネとの婚約を申し出て、同時に勇者とラネの婚約を公表した。

勇者の妹と息子との婚約を、国王は歓迎したようだ。

もちろん国王も、今はリィネとラネが聖女候補であることを知っている。そんな貴重な存在を他国に奪われることなく、ふたりともこの国で結婚することを選んだのだ。

歓迎するのは当然だと、クラレンスは言っていた。

王妃とレーダイヤは反発したようだが、国王はそれを厳しい態度で退けた。

こうしてふたりの婚約は公表され、ドラゴンの襲撃で不安になっていた民の間に、その吉報は瞬く間に広がったようだ。

ふたりには正騎士が護衛に付くことになり、外出もできるようになった。

あとは、アレクの帰りを待つだけ。

そんなある日、とうとう待ちわびた知らせが届く。

ドラゴン討伐完了。

部屋に駆け込んできたクラレンスからそれを聞いたリィネとラネは、ふたりでしっかりと抱き合って喜んだ。

これでアレクが帰ってくる。

彼が帰還したら、聖女の死も公表されることになっている。クラレンスは責任を取るために王太子を辞して、婚約者のリィネとともに王都を出る。

もちろん、ラネも一緒に行くつもりだ。

「兄さんなら、事後承諾で大丈夫だから」

リィネはそう言って、護衛を連れて頻繁に屋敷に戻り、せっせと荷造りをしている。

もちろん、故郷の海の見える町に移住する準備のためにだ。

明日からクラレンスも戦後処理のためにペキイタ王国に向かう。そうして、アレクとともに帰還する予定だった。

その日を待ちわびて、リィネもラネも荷造りに精を出している。

「これからは4人ね」

そう言うと、リィネは嬉しそうに頷いた。


けれど事件は、クラレンスがペキイタ王国に旅立った次の日に起こった。

屋敷から王城に戻ろうとしたとき、町中で馬車が止まってしまったのだ。どうやら車輪が壊れてしまったらしい。護衛の騎士が慌てて新しい馬車を手配しようとしたが、そこに第二王子のレーダイヤを乗せた馬車が通りかかった。

「こんな町中で立ち往生していたら危険です。王城までお送りしますから」

あまりにも都合よく訪れた彼にラネは警戒したが、そう言われてしまえば断ることもできない。しかも彼は自分の護衛がいるから大丈夫だと、ふたりの護衛騎士を帰らせてしまった。護衛たちも、王族の命令に逆らうことはできないようだ。

護衛もなく徒歩で帰るわけにはいかない。

仕方なく、ふたりはレーダイヤの馬車に乗ることにした。

もちろん、警戒は怠らない。

ラネはリィネをさりげなく庇いながら、レーダイヤの動向を注意深く探っていた。

クラレンスの実弟だというが、あまり似ていないようだ。

エイダーやアキと同じ黒髪に、緑色の瞳。

痩身の兄とは違って、かなり大柄である。

「そんなに警戒しないでください。後ろには、正騎士も控えているのだから、私には何もできませんよ」

警戒しているラネの視線に気が付いたのか。

彼はそう言ってにこやかに笑うが、瞳の奥には冷淡な光がある。

何かを企んでいるのは間違いない。

問題は、どこでそれを起こすつもりなのか。

レーダイヤの右手にある指輪が、どうしても気になっていた。

(なんだか禍々《まがまが》しい気を感じる。あれは危険なものだわ)

指輪を睨んでいるラネに気が付いて、レーダイヤは感心したように笑みを浮かべる。

「これに気が付いたか。どうやら聖女の素質は、お前の方があるようだ」

「……っ」

豹変したレーダイヤの態度に、リィネが怯えたように身体を震わせる。

ラネはそんなリィネを庇うように、片手を広げた。

「俺は勇者の妹を娶って王になり、もうひとりの聖女候補をペキイタ国王に引き渡す。そう約束した。聖女がお前なら、当たりをペキイタ国王に引かせるのは気に入らぬが、俺の好みはこっちだからな」

そう言って、ねっとりとした視線をリィネに向ける。

「彼女は王太子殿下の婚約者です」

ラネがきつい口調でそう言うと、レーダイヤは目を細めた。

「たおやかな外見に似合わず、きつい女だな。心配せずとも、兄ならば勇者もろとも、ドラゴンの餌食だろうよ」

「ドラゴンは討伐されたと聞いたわ」

ラネに庇われていたリィネが、彼の言葉を否定して、叫ぶように告げる。

「ああ、ドラゴンは倒されただろう。だが、あのドラゴンには呪いがかけられていた」

楽しげに、得意げに、彼は自分たちの企みをふたりに語った。

「ドラゴンに喰われた聖女は、その前にペキイタ国王と対面していた。そこで、俺が開発した呪術を聖女にかけた。呪われた聖女を喰らったドラゴンは、討伐されたかもしれないが、今頃アンデッドとして蘇っているだろう」

「聖女に呪術が通用するはずが……」

「普通の聖女ならそうだろう。だがあれは、堕落寸前の聖女だった」

自己顕示欲の強い女だから、ドラゴンの元に向かわせるのは簡単だったと、レーダイヤは愉快そうに言う。

「こうしてドラゴンに呪いが刻まれた。予定通りだったよ」

「……そんな」

リィネの顔が蒼白になり、ふらりと倒れかけた彼女をラネは慌てて支えた。

アンデッドドラゴンは、聖なる魔法でしか倒せない。

だが聖女アキは失われ、リィネもラネも、まだ聖女として覚醒《かくせい》していない。

「そんなことになれば、ペキイタ王国だって無事にはすまないわ」

「あのアンデッドドラゴンの呪術は、1万人の命を喰らえば消える。それくらいの犠牲で俺は王位が手に入り、向こうは聖女を娶ることができるのだから、安いものだろう」

「なんてことを！」

歪んだ笑みを浮かべるレーダイヤを、ラネは罵って睨む。

クラレンスは、ラネとリィネを攫おうとしたペキイタ国王は、まだ何か企んでいるのではないかと警戒していた。だが、まさか自分の実弟のレーダイヤが、次期国王となるために彼と手を組んでいるとは思わなかっただろう。

アレクが必死に守った人たちを、たかが王位のためだけに犠牲するなんて、許されることではない。

（そんなこと、絶対にさせない……）

何とかしてここを逃れて国王陛下に訴えれば、すぐにレーダイヤは拘束されるだろう。

ペキイタ国王と手を組んで聖女に呪術をかけ、王太子と勇者を抹殺しようとしているのだ。

聖女が失われた責任は、間違いなくクラレンスではなく、このレーダイヤが負うべきである。

それに、アンデッドドラゴンと対峙しているアレクとクラレンスのことも心配だ。

やらなければならないことは多いが、まずリィネを安全なところに逃がさなくてはならない。

必死に考えを巡らせるラネを嘲笑《あざわら》うように、彼は言う。

「無駄だ。この指輪には転移魔法が封じ込められている。お前たちをこのままペキイタ王国の王城に移動させる。心配することはない。お前たちはペキイタ国王と俺が、妃として大切にしてやるからな」

言葉と同時に、レーダイヤの指輪が黒く光る。

怯えたリィネがラネに抱きついてきた。

「させないわ」

縋りつくリィネを抱きしめて、ラネは黒い指輪を睨み据える。

禍々しい魔の波動。

これはきっと普通の魔法ではなく、魔物の魂を利用して魔法を使う呪術だ。

そんな禍々しいものを使わせるわけにはいかない。

(アレクさん……)

ラネは彼を思い浮かべながら瞳を閉じ、自分の中に芽生えていた小さな光に力を注いでいく。

リィネを守りたいという気持ち。

アレクを助けたいと願う心。

そして、このままではアンデッドドラゴンに殺されてしまうはずの人々を守りたいと願う祈りを、すべて力に変えて。

身体に白い光が満ちていく。

光は恐ろしいほど神々しい。

もしラネが力の使い方を間違えば、この光はラネ自身を瞬く間に焼き尽くすだろう。

受け入れる覚悟があるのか問われた気がして、ラネは静かに頷いた。

けっして間違えたりしない。

ラネはこの光に、誰よりも高潔で慈悲深いアレクのように、この力の遣《つか》い手にふさわしい人間になると誓った。

すると、身体に宿った光はラネの一部になる。

この光を、力を自在に使うことができると、はっきりとわかった。

(アレクさん)

彼のもとに駆け付けなくてはならない。

ペキイタ国王やレーダイヤなどに、かまっている暇はない。

黒い呪術はもう発動していた。

呪術はリィネとラネを囲い、望まない場所に連れ去ろうとしていた。けれどラネは白い祈りを込めた力で、その呪いを断ち切る。

激しく力がぶつかり合うような、衝撃音が響いた。

「……っ」

腕の中のリィネが、驚いたように身を震わせた。

視界が真っ白に染まり、ラネはリィネを連れて、既に発動していた魔法の転移先を変更する。

(アレクさん、待っていて。わたしが絶対に助けてあげるから)

ラネは、自分の中に芽生えたこの力が、聖女のものであると理解していた。

この力があれば、アレクを守れる。助けられる。

そう思うと、自然と笑みが浮かぶ。

もちろん、邪悪な企みをしたレーダイヤとペキイタ国王を逃すつもりはない。

光の檻《おり》を作り出し、ふたりをそこに閉じ込めた。

この檻は、聖女の力でなければ破壊することはできない。すべてが終わったら、このふたりにはきちんと裁きを受けてもらう。

「リィネ、わたしはアレクさんたちのところに飛ぶわ。あなたは王城で待っていて」

「ううん、私も行く」

安全な場所に逃がそうと思っていたリィネが、そう言って首を振る。

「もう逃げるのは嫌なの。ちゃんと兄さんの戦いを見届けたい。お願い、私も連れて行って」

「わかったわ」

ラネは優しく微笑んだ。もちろん一緒に連れて行っても、リィネには傷ひとつ付けるつもりはない。

「わたしが守るから、大丈夫」

そのまま光魔法を使って、アレクのいる場所まで移動した。

初めて使う魔法だが、不安はなかった。

どうすればいいのか、どう力を使えばいいのか、身体が勝手に理解しているようだ。

白い光が消えると、そこには今までとは違う光景が広がっていた。

瓦礫と化した町。

ドラゴンブレスによって焼き払われた大地。

そして、この地に色濃く残る、呪術の影。

「……っ」

瘴気《しょうき》が漂い、呼吸も苦しいほどだ。

アレクのことも心配だが、まずこの瘴気を何とかしなくてはならない。

そう思った瞬間、大地を揺るがすようなドラゴンの咆哮が聞こえてきた。

「きゃっ」

地震のように揺れ、立っていることもできないほどだった。

倒れそうになったとき、誰かの手がしっかりと支えてくれた。

その手の体温を背中に感じた瞬間、涙が溢れそうになる。

(ああ……)

この人に会うために、この人を助けるために、ラネはここまで来たのだ。

思えば、ひとりで生きる覚悟を決め、小さな田舎の村を出てから、そう時間は経過していない。

けれど故郷を出てから、あまりにも多くのことがあった。

その間に彼への気持ちを自覚した。

この恋心があったからこそ、ラネは聖女の力に目覚めたのだろう。

「アレクさん」

思わず抱きついたラネを、アレクはしっかりと抱き止めてくれた。

「ラネ。本当に、ラネなのか?」

支えながらも、信じられないように問うアレクに、ラネは頷く。

「……うん、そうよ」

涙をぽろぽろと流しながら、こくりと頷く。

「どうして……。どうやってここに」

困惑したまま、けれどアレクは、ラネを腕に抱いて離さなかった。

見た目は、別れた日とそう変わらない。

けれど濃い血臭を、ラネは見逃さなかった。

そして未練のように彼に絡みつく、聖女アキの妄執《もうしゅう》も。

かけられた呪いによって、アキの魂はまだこの地に縛り付けられている。

「ごめんなさい。あなたに彼は渡せないの」

両手をアレクの頬に添え、そっと額を近付ける。

理由など知らないのに、彼は逆らわずに、むしろラネがやりやすいように屈んでくれる。

「アレクさん」

彼が好きだと。

誰にも渡したくないと、あらためて強く思う。

額を合わせて、聖女の力を使った。

痛みも傷もすべて癒やし、瘴気を浄化する。

ラネの腕の中でアレクが、心地よさそうに息を深く吐いた。

「聖女になったのか」

短く問われて、こくりと頷く。

「わたしが望んだ力よ」

アレクが何か言う前に、ラネはそう告げた。

「あなたの力になりたい。傷を癒やしたい。わたしはずっとそう願っていたの。だから、望みが叶って、わたしはしあわせよ」

笑顔でそう言うと、アレクは眩しそうに目を細めた。

「ラネならばきっと、力に圧し潰されることなく、溺れることなく、正しくその力を使うことができるだろう」

アレクにそう言われたら、期待を裏切ることなんてできない。

「話したいことがたくさんあるの。でも、まずはあのアンデッドドラゴンを何とかしなくては」

「そうだな。ラネがいてくれるなら倒せるだろう」

リィネは、と小さく尋ねたアレクに、多分クラレンスのところだと答える。

一緒にこの地に転移してきたが、それぞれ望んでいる場所に飛ばされたようだ。

ラネがアレクの傍に移動したように、リィネはクラレンスのところにいる。

そう確信していた。

「そうか。ならば、早く終わらせるか」

アレクが咆哮するドラゴンに視線を向け、剣を構えた。

ラネはその剣に、聖なる力を付与する。

もともとアンデッドは、聖属性に弱い。

アレクの腕ならば、おそらく一撃で終わるだろう。

「アレクさん」

「わかった」

付与魔法を終えて声をかけると、剣を手にしたアレクが走り出す。

腐りかけたドラゴンの前脚を避け、骨が剥きだしになった尾の攻撃をかわし、放たれたドラゴンの息吹を受け流す。

そのまま、一度も足を止めることなくドラゴンの懐《ふところ》に飛び込むと、聖なる力が付与された剣を、ドラゴンの胸に突き立てた。

（ああ……）

見事な腕に、思わず感嘆した。

いくら聖なる魔法をかけたとはいえ、あれほどの敵を一撃で倒せるのは、アレクだけだ。

彼はまさに、この世界の救世主。

勇者なのだ。

眩いほどの白い光が、ドラゴンの全身を包み込んだ。

耳を塞ぎたくなるような凄まじい唸り声を上げて、ドラゴンの身体が崩れ落ちていく。アレクは後ろに大きく跳ねて、巻き込まれる前にかわしていた。

ラネは彼に駆け寄ろうとして、まだドラゴンの屍《しかばね》に呪術の影響が残っていることに気が付いて足を止める。

「浄化します」

「頼む」

両手を組み合わせて、祈りを捧げる。

ラネから聖なる光が放たれた。

聖女の祈りによってドラゴンの屍は光の粒子となり、やがて空に昇って消えて行く。

これでもう、その屍が悪事に利用されることはないだろう。

「ラネ、兄さん！」

空高く昇っていく光の粒子を眺めていると、リィネの声がした。

振り返ると、リィネがクラレンスを支えながら、こちらに歩いてくる。彼もまたアンデッドドラゴンとの戦いに巻き込まれたようで、歩くのも覚束《おぼつか》ない様子だ。

ラネはふたりに駆け寄ると、クラレンスに治癒と浄化の魔法を使う。

「……これで大丈夫だと思います」

アレクは自分に駆け寄らず、心配そうにクラレンスを支えるリィネを見て驚き、そして嬉しそうに笑みを浮かべた。

留守の間に妹が恋を自覚して、成長したことを悟ったのだろう。

リィネがクラレンスに好意を持っていることは、ラネにもわかっていた。

そしてクラレンスもきっと同じ思いに違いない。

偽装婚約したふたりだったが、これからその関係がどうなるかは、ふたりで話し合って決めることだろう。

(だからわたしも……)

自分の気持ちをちゃんと伝えなくてはと、妹の姿を見守るアレクに声をかける。

「あの、アレクさん」

そう声をかけると、彼は視線をラネに向けた。

「どうした?」

アレクの瞳に自分が映っている。

そう思うと、胸がどきりとする。

エイダーと婚約していたときだって、こんなときめきを感じたことはない。気持ちを落ち着かせるように両手を胸に置いて、ゆっくりと深呼吸をする。

「す、少しお話ししたいことが」

手が震えそうになりながらそう言うと、アレクは頷いた。

「そうだな。話し合わなくてはならないことはたくさんあるが、まずは指輪を贈らなくては」

「指輪？」

ラネは首を傾げる。

「婚約したのだから、指輪を贈るのは当然だろう？」

不思議そうなラネに、アレクはそう言って優しく笑う。

この国には、何代か前に召喚された聖女によってもたらされた習慣が、数多くある。

好きな男性にチョコレートを贈るバレンタインデーや、恋人たちで過ごすクリスマスなど。

そして婚約指輪と結婚指輪も、聖女によってもたらされたものだ。今ではラネが育った小さな村にさえ、指輪を売る店があるくらいだ。

「ええと、わたしたちの婚約は身を守るための偽装で……」

慌てるラネの手を、アレクはそっと握った。

「偽装とはいえ、公表されたことだ。君を二度も婚約破棄させるつもりはない」

アレクらしい言葉だ。

ここで頷けば、ラネは恋した人を手に入れることができる。アレクはきっと優しくしてくれるだろう。しあわせになれるに違いない。

(でも……)

きっと一緒になれば、ラネは同じくらいの愛を求めてしまう。同情で結婚してくれた人に、そこまで求めるのは酷《こく》だろう。

それに愛しているからこそ、アレクには本当に愛した人と生涯をともにしてほしい。

リィネとクラレンスのように、成就する恋ばかりではないのだ。

ラネは涙を堪えて笑顔を作ると、そっと手を離した。

離れていく温もりに胸が痛くなる。

(これでいいの。わたしはアレクさんのしあわせを願っているから)

そう自分に言い聞かせる。

「ラネ?」

けれどアレクは、ラネがそんな行動をするとは思わなかったようで、離れていく手をもう一度捕まえる。

「わたしなら大丈夫です。婚約破棄くらい、何でもありません」

優しい彼が気に病まないように、笑ってみせる。

「これでも一応、聖女ですから。きっと、わたしをもらってくれる人の、ひとりやふたりくらい……」

「約束をしている者がいるのか？」

もう一度手を放そうとしたけれど、アレクは放してくれない。それどころか、もっと強く握りしめられる。

真剣な瞳に胸がどきりとする。

「い、いえ。そんな人はいません」

思っていたよりも近い距離に慌ててそう答えると、アレクは明らかに安堵したようだ。

「そうか。よかった……。それなら婚約指輪を贈っても、問題はないだろう？」

「そこまでしていただかなくても、わたしなら大丈夫です。ご心配をおかけして……」

これ以上彼に甘えるわけにはいかないと、必死に断ろうとしたが、アレクはそれを遮るように、ラネの手のひらを自分の頬に押し当てる。

「俺が相手では、嫌か？」

懇願するように言われて、視線を逸らす。

アレクのしあわせのために必死に断ろうとしているのに、受け入れてしまいそうになる。

だから、きちんと伝えることにした。

「いいえ。でもわたしは、アレクさんが好きです。だからこそ、優しさに付け込むような真似はできません。アレクさんは、好きな人と一緒になるべきです」

突然の告白に、驚いたのだろう。

握られていた手から力が抜け、ラネはそっと離れる。

「ですから、わたしのことは気にしないでください。自分のことくらい、ちゃんと自分で」

「ラネ、俺が悪かった。少し浮かれていたようだ」

繋《つな》いだ手を放すのは胸が張り裂けそうなくらいつらかったのに、またすぐに捕まってしまう。

さらにアレクは謝罪を口にする。

「浮かれて？」

「ああ。伝わっているものだと思い込んで、きちんと言わなかった」

「アレクさん？」

甘く蕩《とろ》けるような瞳を向けられて、胸がどきりとする。

強い意志を秘めた瞳や、真剣な瞳なら何度も見てきた。

でも、こんな彼は見たことがない。

「君にパートナーを申し込んだときから、惹かれていた。よく知るにつれ、意思の強さや優しさに、心を奪われていった。この婚約が、君の身の安全のためだったことは事実だ。嫌なら解消してくれてもかまわない。だが俺が愛しているのは、君だけだ。俺は、このまま継続することを望んでいる」

「え……」

すぐには信じられなくて、ラネは何度も瞬きをする。

「アレクさんが、わたしのことを？」

「ああ、愛している」

「……本当に？」

「そうだ。信じてもらえるまで、何度でも言う。だから、他の者と結婚するなんて言わないでくれ」

アレクが、自分のことを愛してくれている。

その言葉がゆっくりと心に染《し》み渡っていく。

婚約を喜んでいるだろうと言っていた、リィネやクラレンスの言葉は正しかったのだ。

同時に、ラネもまた思い込みで話を進めようとしていたことに気が付いた。

「ごめんなさい。わたし、二度も婚約破棄をされたらかわいそうだからと、アレクさんが同情して結婚するつもりなんだと思い込んで」

「いや、いくらドラゴン退治に奔走《ほんそう》していたとはいえ、きちんと伝えなかった俺が悪い」

互いに謝罪したあと、目を合わせて笑い合う。

「こんな思い込みの激しいわたしでも、いいの？」

「もちろんだ。言葉が足りないことはわかったから、もう二度と同じ過ちは繰り返さない。ラネ、君を愛している。だから、婚約指輪を受け取ってほしい」

「……はい。わたしでよかったら、喜んで」

アレクの胸に飛び込むと、しっかりと抱きしめられた。

温かく優しい腕。

これがもう自分のものだと思うと、言葉にできないほどの幸福感が胸を満たす。

ふと顔を上げると、リィネとクラレンスも抱き合っているのが見えた。

向こうも上手くいったようだ。

あのふたりの婚約がどうなるかはわからないけれど、リィネの顔を見る限り、クラレンスから離れることはないだろう。


それからラネは、瓦礫と化した町全体に浄化魔法をかけた。

これで、この土地に色濃く残っていた死の波動は消えた。時間はかかってしまうかもしれないが、いずれ町は復興するだろう。

ラネはアレクとクラレンスに、第二王子のレーダイヤとペキイタ国王の企みをすべて話した。そのふたりを光の檻に捕えていることも伝えると、クラレンスは厳しい顔をした。

「それだけのことをしてしまったのだから、弟は王族から追放されるだけではすまないだろう。罪はきちんと裁かれるべきだ。今のことを、父の……国王陛下の前でも証言してもらえるだろうか」

「はい、もちろんです」

ラネは頷いた。

「君が聖女の力に目覚めたことも、公表しなくてはならないが……」

「心配はいらない。俺はもうラネと離れるつもりはない」

アレクがそう言って、ラネの肩を抱く。

ラネも嬉しそうに、その腕の中で微笑んだ。

勇者と、彼に対する想いで力に目覚めた聖女を、引き離せる者など誰もいない。

「それよりも、クラレンスはどうするつもりだ？　王太子を辞する理由は、これでなくなった」

聖女が死ぬことになった原因の責任は、第二王子のレーダイヤにある。

それが判明すれば、クラレンスが王太子の地位を返上する理由はなくなる。

アレクの言葉に、クラレンスは表情を引き締める。

「私は、自分の責任を……。王太子の義務を果たそうと思う。リィネには苦労をかけてしまうかもしれないが……」

「兄さん、私はクラレンス様とともに生きようと思います」

寄り添い合うふたりの姿に、アレクは優しく笑う。

「お前がそう決めたのなら、反対などしない。だが俺の妹であることは変わらない。助けが必要なら言ってほしい」

「うん、兄さん。ありがとう」

リィネはようやく兄に抱きつき、アレクは成長した子供を見つめる親のような優しい瞳で、妹を見つめていた。


それからアレクとリィネ、そしてクラレンスの4人で国境を越え、国に帰還したところで、アンデッドドラゴンの影響が国を越えないように結界を張っていた大魔導ライードと合流する。

彼の転移魔法で、一行は王城に帰還することができた。

クラレンスは国王に謁見《えっけん》を申し出て、ドラゴン討伐の結果を待っていた国王はすぐに許可をしたようだ。

勇者アレク、王太子クラレンスは、それぞれの婚約者を連れて、国王と対面した。

国王との謁見には、宰相の他に貴族が何人か同席していたが、そこに王妃の姿はなかった。

討伐されたドラゴンがアンデッド化したことは、大魔導師ライードによって先に報告されていた。聖女がいなければ討伐は不可能であるアンデッドドラゴンを倒したという報告に、国王も新しい聖女の存在を感じ取っていたのだろう。

ラネが聖女として目覚めたことを報告すると、誰もが疑うこともなく信じてくれた。

けれど第二王子レーダイヤとペキイタ国王の企みを告げると、謁見の間が騒がしくなった。

レーダイヤがペキイタ国王と通じていただけでも大罪となるというのに、聖女アキに呪術をかけ、アンデッドドラゴンを生み出したのだ。さらに王太子クラレンスと勇者アレクの抹殺まで企んでいた。

ある貴族に証拠があるのかと問われ、後ろに下がっていたライードが前に出てきた。彼によって、光の檻に囚われたペキイタ国王とレーダイヤが目の前に出現した。

「国王陛下、自白魔法の許可を」

ライードの言葉に、国王は少し躊躇ったようだ。

レーダイヤだけならともかく、ペキイタ王国の国王もいる。けれど、真実を明らかにしなければならないというクラレンスの厳しい言葉に、それを許可した。

彼らの自白は、ラネの説明とまったく同じだった。

ふたりは光の檻のまま地下牢に閉じ込められた。ペキイタ王国には王の罪とドラゴン討伐完了の連絡を送ったようだ。

いずれ、ふたりは極刑に処されることだろう。

あの場にいなかった王妃も多少関与していたらしく、彼女は王都から遠く離れた場所に幽閉されることになった。

クラレンスは王太子のまま、リィネを正式な婚約者として迎える。彼女は妃教育のために、このまま王城に住むことになった。

いずれ王太子妃になる彼女と、一緒に暮らすことはもうないだろう。けれど、アレクの妻となるラネにとって、彼女は正式に義妹となる。

縁が切れるわけではないのだと、寂しい気持ちを押し隠して笑顔で送り出した。

そしてラネにも、新しい聖女としてのお披露目《ひろめ》が待っていた。

「村に残っている両親を、王都に呼んだらどうだろう」

リィネが出て寂しくなった屋敷に、ラネの両親と同居しようという提案だった。

アレクにそう言われて、ラネは村に残っている両親を王都に呼び寄せることにした。

手紙では到底信じてもらえないだろうからと、ただ王都で一緒に暮らそうとだけ書いて呼び寄せた両親は、婚約者として紹介したアレクを見て固まっていた。

「ラネ、もしかしてこの御方は……」

「ええ、アレクよ。この世界を救ってくれた、勇者アレク」

震える声で尋ねた母親に、そう答える。その問いが何度か繰り返され、ようやく信じてくれたようだ。

さらにラネが聖女の力に目覚めたこと。アレクが、両親も一緒にこの屋敷で暮らすことを望んでいると話すと、両親は揃って頭を抱えてしまった。

「ごめんなさい。面倒なことになってしまって」

「……いいのよ。少し困惑したけれど、あなたがしあわせになるのなら、それが一番だから」

婚約者に裏切られ、村ではのけ者にされて、悲痛な思いで故郷を出た娘がしあわせになるのなら、こんなに嬉しいことはない。

そう言って、ラネをしっかりと抱きしめてくれた。

「アレク様。娘をよろしくお願いします」

頭を下げた父親にアレクは、もちろんです、と答えてくれた。

「どうかアレクと呼んでください。これから家族になるのですから」

幼い頃に両親を亡くし、自身もまだ子供だったのに、妹を養うために戦ってきたアレクは、そう言ってラネの両親に微笑みかけた。

「そうね。こんなに素敵な息子ができるなんて」

事前にアレクの過去は話していたので、両親はすぐにそれを受け入れてくれた。

彼が大切に守ってきた妹は巣立ち、自分で選んだ人と生きていく。

だから今度は、アレクがしあわせになる番だ。

5章　幸福の在り方

聖女アキは、ドラゴンとの戦闘で命を落としてしまった。

勇者アレクが何とか討伐したドラゴンはアンデッドと化し、世界の平和はまた乱されるところだった。

だが、アレクを救いたい一心から、彼の婚約者が聖なる力に目覚め、その力を得た勇者アレクはアンデッドドラゴンを倒した。

新しい聖女ラネの誕生である。

勇者と聖女の結婚は、平和の象徴となるだろう。


「これが、明日発表される筋書きだ」

クラレンスに説明を受け、ラネはアレクの隣で頷く。

「わかりました」

クラレンスの隣では、引き続き王太子の補佐をすることになったノアが、忙しそうに働いている。

レーダイヤとペキイタ国王は、ドラゴン討伐時の混乱を利用して、勇者アレクと王太子クラレンスを暗殺しようとした罪で裁かれることになった。

だがさすがに、レーダイヤが禁断の呪術を使って聖女に呪いをかけ、ドラゴンの屍をアンデッド化したとは公表できなかったようだ。

そして明日は、聖女アキの葬儀と、新しい聖女ラネのお披露目である。

アキが堕落した聖女ということもあり、最初は新しい聖女の紹介だけが行われるはずだった。

けれどラネが、アキを正式に聖女として埋葬することを提案した。

彼女が魔王討伐パーティに参加していたのは事実であり、その功績も大きい。

それに、呪術によって縛られていたアキの魂には強い妄執が残っており、鎮魂の儀式が必要だった。

葬儀後、この国は1年間、聖女の喪に服する予定だ。

王太子とリィネ、アレクとラネの結婚も1年後になるが、準備を考えれば、それくらいの期間は必要になる。

アキの葬儀があるため、ラネのお披露目はそれほど派手には行われない。

クラレンスはそれを詫びてくれたが、隣国とはいえ、ドラゴンによって多数の死者が出たのだから、派手なことはしない方がいいだろう。

「ラネ、大丈夫か？」

そんなことをぼんやりと考えていたら、アレクが心配そうに顔を覗き込んできた。

「ええ、もちろん」

ラネは笑顔でそう答えた。

アレクはとても愛情深い人間で、ずっと守ってきた妹のリィネが巣立った今、その愛情はすべて婚約者のラネに注がれている。

今となっては、彼の愛情を疑うこともない。

「大丈夫だ。明日もずっと傍にいる」

不安になっていると思ったのか、そう言ってくれた。

「……うん」

ラネの明日のドレスは、もちろん以前に作ってもらった薄紫色のドレスだ。やっとアレクに見てもらうことができる。

明日は両親もお披露目に出席する。メアリーの店で礼服を仕立ててもらい、準備も万全のようで、朝からゆっくりと過ごしていた。

「すごいのはラネであって、私たちではないからね」

「そう。明日は娘の晴れ舞台を見学するだけだから」

両親は、そんなことを言って笑っているくらいだ。

エイダーから婚約破棄されたときは、あれほど泣かせてしまった母親が笑顔で過ごしているのが嬉しい。

最初は広すぎる屋敷に戸惑っていた両親も、今ではすっかりと慣れたようだ。

母は、まだ結婚もしていないのに同居するのは申し訳ないと最初は遠慮していた。けれど、これだけ広ければ問題ないと考えを変えたようだ。アレクに自由にしていいと言われているのをいいことに、せっせと住みやすく改修している。今では何もなかった広い庭に花と野菜が植えられ、リィネと一緒に王城に行ったサリーの代わりに家事に精を出している。

父はいつの間にか王都で仕事を探してきたようで、ある大きな商会に勤めることになったらしい。聖女の父でいずれ勇者の義父になることは伏せているらしいが、働きやすくてよい職場だと楽しそうだ。

そんなことを考えていると、クラレンスの声がした。

「打ち合わせはこれで終わりだ。リィネが会いたがっているから、時間があれば寄ってやってほしい」

「はい、もちろんです」

クラレンスの申し出を快諾し、ラネはそのままリィネのもとに向かう。アレクはまだ話があるようで、あとでリィネの部屋に迎えに来てくれるらしい。

「ラネ、いらっしゃい。来てくれて嬉しいわ」

少し前まではラネが部屋に入るなり抱きついてきたリィネは、上品な笑顔を浮かべてそう言った。

「頑張っているみたいね」

そう声をかけると、リィネは少しうんざりしたような顔をして頷いた。

「そうね。生まれたときからこんな生活をしている人たちの中に、入りこまなくてはならないもの。少しだけ、クラレンスの手を取ってしまったことを後悔しているわ」

そう口にしても、実際は後悔などしていない。それがわかっているから、ラネも笑みを浮かべる。

「あの令嬢たちは？」

クラレンスの婚約者候補だった令嬢たちが嫌がらせをしてくると聞いていたので、ラネは心配になって尋ねてみた。

「相変わらずよ。でも嫌味を言うだけで命を狙われるわけではないから、問題はないわ。これ以上ひどくなったら兄さんに言うから大丈夫よ」

「クラレンス様じゃなくて？」

相談するべきなのは婚約者ではないのか。そう思って軽い気持ちで尋ねたのだが、リィネは難しい顔をして首を横に振る。

「王家とはいえ、婚約者が嫌がらせをされたくらいで、他の貴族に文句を言うことなんてできないわ。まして王妃陛下が幽閉されている今、クラレンス様の立場は複雑なのよ」

王妃はクラレンスの生母だが、レーダイヤの罪に関与していたことで王城から退いている。もし彼女が王妃でなくなれば、次の王妃は第三王子の母となるだろう。そうなれば第三王子が王妃の嫡子となる。

「第三王子のクロン殿下は兄さんに憧れて剣を持ち、いずれ騎士になりたいそうだから、心配はないと思うけれど」

「そうだったの」

王族の婚約者は、なかなか気苦労が多そうだ。

それでも自分で選んだ道だからと、彼女はこれからも努力を続けるのだろう。

「ねえ、リィネ。いつからクラレンス様のことが好きだったの？」

そう尋ねると、彼女は白い頬をほんのりと染めて、恥ずかしそうに言った。

「初めて会ったときから。ひとめ惚れなの。父さんと母さんも、お互いにひとめ惚れらしいから、そういう家系なのよ」

情熱的だということだろうか。

自分の気持ちを自覚するまで時間がかかったラネは、首を傾げる。

「兄さんも、きっとそうよ。ラネにひとめ惚れしたに違いないわ」

そうでなくては、あれほどラネのために動くはずがないと、リィネは笑う。

「……そ、そうなの？」

思わず頬に両手を添える。きっとリィネと同じように赤くなっているに違いない。

パートナーを申し込んだときから惹かれていたと言われたが、まさか本当だとは思わなかった。

◆◇◆◇◆

そうして、聖女アキの葬儀が厳《おごそ》かに執り行われた。

ドラゴンとの戦いで命を落とした聖女を悼《いた》んでいるのは、直接アキと関わったことのない平民だけだろう。彼女の人となりと死因を知る者たちにとっては、悪霊にならないように彼女の魂を浄化する儀式だった。

黒いドレスを着用したラネは、儀式が始まってからずっと浄化魔法をかけている。傍にはアレクがいて、ラネの浄化魔法を助けてくれた。

アレクは常人離れした魔力を持っているが、魔法はあまり得意ではなく、初期魔法くらいしか使えないそうだ。その有り余る魔力をラネに譲渡してくれるお蔭で、楽に長時間、浄化魔法を使うことができた。

アキの魂は、これで呪いから解き放たれたに違いない。

エイダーは妻の葬儀に参加していなかった。

教会の癒やしの魔法によって傷は癒えたものの、ドラゴンに喰われてしまった両手は再生できず、剣を持てないと知って呆然自失しているようだ。

彼の回復を祈っているが、もう会うことはないだろう。

葬儀が終わると、今度はラネの聖女としてのお披露目だ。

リィネが遣わしてくれたサリーの手を借りて、新しいドレスに袖を通す。

(やっとアレクさんに見てもらうことができる……)

メアリーに仕立ててもらった薄紫色のドレスを着て、髪を整え、薄化粧をしてもらう。

支度を整えてアレクの前に立つと、彼は目を細めてラネを見つめた。

「似合っている。とても綺麗だ」

「……ありがとう」

支度を手伝ってくれたサリーや他の侍女も、何度も綺麗だと言ってくれた。

けれどアレクからの言葉は、やはり特別だった。

「やっと、そのドレス姿を見ることができた」

「見てもらえて、わたしも嬉しい」

ラネの指には、アレクから贈られた婚約指輪がある。飾られた宝石は、アレクの瞳のような真っ青なサファイアだ。

今日はふたりの婚約も正式に発表される。

クラレンスとリィネ、そして両親が見守る中、ラネは国王によって正式に聖女だと認定された。

聖女アキの喪中なので、披露のための夜会などは開かれない。ラネはアレクとともに、集まってくれた人々の前に姿を現して挨拶をする。

アキの葬儀、そして聖女としてのお披露目を終えて、両親と一緒に屋敷に戻った。

「疲れたか？」

着替えをして広間に向かうと、アレクがいた。手を差し伸べられて、迷わずにその手を取る。

「ううん、大丈夫」

聖女の葬儀でもあったため、お披露目も簡素に終わらせている。これから1年、この国は聖女の喪に服することとなる。

　ふたりはソファーに並んで座った。

「ペキイタ王国では、前王の娘が即位したようだ」

「女王陛下？」

「そうなる。以前は、女性は即位することができず、あの男が王になった。だが他に王位継承者がいなかったため、法律を変えたようだ」

「そうですか……」

　引き渡された前ペキイタ国王は、罪があまりにも大きく証拠も揃っていたため、裁判なしで極刑に処された。

　即位した新女王からは謝罪と賠償、そしてドラゴン討伐の謝礼が届けられたようだが、このことが公表されることはないだろう。

　どちらにしろ、もう終わったことだ。

　明日からは少しゆっくりと過ごして、ドラゴンとの激闘で疲れたであろう彼を休ませたい。

　そう思っていたのに、次の日の朝早くに国王からの使者が来た。

「アレクさん？」

「北の国にフェンリルが出たようだ。討伐に行かなくてはならない」

「わたしも行きます！」

すぐにでも出立しそうな彼を押しとどめて、ラネはそう言う。聖女になったのは、こんなときにアレクを手助けするためだ。

彼は少し驚いたような顔をしたものの、すぐに頷いた。

「ああ、そうだな。一緒に行こうか」

ラネは素早く旅支度を整え、昼過ぎには王都を出た。屋敷は両親に任せ、リィネとクラレンスは知っているだろうからと、言付けもしなかった。

勇者と聖女なのだから、役目を果たすだけだ。

北の国に渡り、フェンリルを倒した。戸惑ったのは慣れない北国の気候だけで、魔物退治はすぐに終わった。

帰ってからしばらくすると、次は砂漠の国。

それぞれの国でその国の討伐隊が打ち倒せなかった魔物を、倒して回る日々だった。

それでもアレクと一緒に過ごせるのだから、ラネにとってはしあわせな時間だ。

もし聖女の力に目覚めなかったら、こんなにも長い間、離れて暮らすことになっていたのだろう。

気が付けば1年などあっという間で、もうすぐ聖女アキの喪が明けようとしていた。

◆◇◆◇◆

世界が赤く染まっている。

祖国では見たことがないほど大きな夕陽が、地平線に沈んでいく。

どこまでも続く砂漠が目の前に広がっている。

「……綺麗」

ラネはテントから顔を出して、その光景を見つめていた。

雄大な景色を眺めながら、ラネはこれまでのことをゆっくりと思い出していた。

(色んなことがあったなぁ……)

田舎に住むただの村娘だった自分が聖女と呼ばれるようになったのは、アレクと出会ったからだ。アレクと一番親しく、そして彼を助けたいと強く願ったからこそ、ラネはここでこうしている。

(あなたを助ける力があって、本当によかった)

昼間の事件を思い出して、ほっと息を吐く。

砂漠に大型の蜥蜴《とかげ》が住み着き、人々の生活を脅かしている。この国では警備団を差し向けたが、全滅してしまったようだ。その蜥蜴の討伐を依頼されて、ラネはアレクと砂漠の国を訪れていた。

大型の蜥蜴は体長が10メートルほどもある、恐ろしい魔物だった。猛毒を持ち、その血に触れるだけで毒に冒されてしまう。

死者のほとんどが、その毒によるものだった。

魔物はアレクによってあっさりと倒されたが、彼がその返り血を浴びてしまったのだ。

ラネは真っ青になって、魔力切れになって倒れてしまうほど、浄化魔法を使い続けていた。

結果として、毒で汚染された砂漠は浄化され、綺麗な水まで湧き出して、オアシスになってしまった。

しかもラネが倒れている間に、聖女の泉と名付けられてしまったらしい。

(やり過ぎたことは自覚している。でも……)

猛毒の血をアレクが浴びたと思った瞬間、ただ彼を助けることしか考えられなかった。

「ラネ」

ふと声をかけられて顔を上げると、そのアレクがこちらに歩いてきた。

「目が覚めたか？」

「わたしは大丈夫。アレクは？」

浄化したから大丈夫だと思っていても、確認せずにはいられない。

「俺なら大丈夫だ。確かめてみるか？」

「うん」

ラネは手を伸ばして、アレクの腕に触れる。肩から頬に移動し、その澄んだ瞳を覗き込んで、ようやく安堵の息を吐いた。

「……よかった」

けれど、体調を確かめていたのはアレクも同じだったらしい。

「魔力は戻ったようだな」

「あ……」

そういえば、使い果たしたはずの魔力が戻っている。アレクが自分の魔力を渡してくれたのだろう。

もともと魔力を持っていなかったラネは、まだその使い方を完全に掴んでいない。今回のように感情が高ぶると、魔力が尽きるまで魔法を使い続けてしまう。

「ありがとう」

「あまり無理はしないように」

「ごめんなさい」

素直に謝ると、髪を撫でられた。

優しい手つきに心地よくなって、思わず目を閉じる。

各地を巡る旅は過酷だったが、こうしてふたりきりで過ごせる時間は、とてもしあわせなものだった。

アレクはラネを気遣い、けっして危険に晒さないように守ってくれる。

体調にも常に気を使ってくれて、魔力切れ以外で倒れたことはない。

でもそれが彼の負担になっていないか、気になってしまう。ひとりの方が、彼にとっては楽ではないのだろうか。

そんなことを考えて俯いたラネの肩を、アレクは不意に抱き寄せる。

「アレク？」

いつしか名前で呼ぶようになった婚約者の突然の行動に驚いて、そっと覗き込む。

「どうしたの？　やっぱり具合が……」

「いや、大丈夫だ。ラネのお蔭で何ともない」

そう言いながらも、ますます抱擁が強くなる。

「……」

どこか遠くを見つめているような瞳に、ラネはもう何も言わずに寄り添う。

沈みゆく夕陽を眺めながら、アレクがぽつりと語り出した。

「両親を亡くしてから、ずっと妹を守るために生きてきた」

独り言のような言葉に、ラネは頷く。

聞かなければならないと、強くそう思った。

「勇者として選ばれてからは、この世界を守るために。こうして俺は、何かを守りながら、ずっとひとりで生きていくのだと思っていた」

淡々と紡《つむ》がれた言葉からは、まだ子供の頃から誰にも頼れずに、ひとりで生きてきた彼の孤独を感じた。

「魔王を倒して、世界は平和になった。だが戦いがなくなったら、俺はどうすればいい。平和になった世界でどう生きるのか、わからずにいた」

生きるための手段として12歳から剣を手に取ったアレクは、戦い続ける日々の中で、両親に庇護されて穏やかに過ごしていた時間を忘れてしまったのだろう。

戦いの中でしか、生きられない。

平和を目指して戦っていたはずなのに、その中で生きる術を見いだせない。

世界に1000年の平和をもたらしたのは間違いなくアレクなのに、そんな彼が平和に苦悩していたなんて知らなかった。

ラネは自分の肩に回されていたアレクの手に、手のひらを重ねる。

その温もりに励まされたかのように、彼は言葉を続けた。

「だかラネと出会って、こうしてふたりで旅をするようになって。少しずつ、本来の自分を取り戻しているような気がする。ラネとふたりで過ごす静かな時間が好きだ。ラネの母親が作る辛みの強いスープが好きだ。世界が赤く染まる夕陽が好きだ」

大切な宝物を並べるように、好きなものをひとつずつ挙げるアレクの言葉に、とうとう堪え切れずに涙が溢れる。

アレクはその涙を、指先でそっと拭ってくれた。

「この1年で、各国を脅かす魔物はほとんど倒せた。もう俺が必要なほどの魔物は、滅多に出没しないだろう」

倒した魔物の数々を思い、ラネも同意した。

あとは、各国の騎士団や警備団で何とかできる範囲だ。

「1年前はまだ、この日が訪れることが怖かった。でも今は平和になった世界で、ラネと一緒に穏やかに生きていきたい。そう願っている」

涙を零したまま、ラネは何度も頷いた。

この1年。

彼に付き添って一緒に戦った日々は、無駄ではなかったのだ。

「わたしも、アレクと一緒に生きたい。あなたの傍で、あなたと一緒に、しあわせになりたい」

平和になった世界には、聖女もあまり必要ないだろう。

神殿の奥で飾り立てられることを、ラネは望んでいない。この旅が終わったら、両親と一緒にアレクの屋敷に住んで、刺繍の仕事も再開するつもりだ。

クラレンスにはそう話したし、彼も承知してくれている。

国王は難色を示したようだが、アレクもラネも背負うものを持たない平民だ。そんな国王にクラレンスは、あまり縛り付けると他国に移住してしまう可能性があると言って説得してくれた。

もちろんアレクもラネも、自分の力が必要となったら快く協力するつもりだ。

ふたりが平穏に生きるには、この世界の平和が必要となる。

それに、アレクの大切な妹のリィネはいずれ王太子妃になるのだから、この国を見捨てることは絶対にない。

そうしていつかふたりの子供が生まれたら、大切に育てよう。家族が増えるのは、とてもしあわせなことだ。

あれほど愛情深いアレクのことだ。きっとかわいがってくれるに違いない。

「これからは、今までの分もしあわせにならなきゃ。あなたとやりたいことがたくさんあるの」

例えば、とアレクに尋ねられて、ラネは思いつくまま答える。

「バレンタインデーには、あなたにチョコを贈るの。クリスマスには、ふたりでディナーに行きたいわ。あの海鮮料理の店がいい。それと、あなたの故郷にも行ってみたい。海を見てみたいの。あとは……」

アレクはひとつひとつに頷き、楽しみだと言ってくれた。

いつしか夕陽が沈み、周囲が暗くなって月が輝く夜になっても、ふたりはずっと未来への希望を語り合っていた。

明日になれば、祖国に帰還する。

そうすれば、もう1カ月後に迫った結婚式の準備をしなくてはならない。

忙しくなるだろう。

だから今のうちに、しあわせな未来を語り尽くしておこう。

◆◇◆◇◆

「ドレスのデザインもまだ決めていないって、どういうことなの？」

砂漠の国から帰還した翌日のこと。

会いたいとリィネに言われて王城に出向いたラネは、挨拶もそこそこに詰め寄られて、困ったように笑った。

「どうと言われても。魔物退治の合間に一応、打ち合わせはしていたのよ？　でも、時間が足りなくて」

「……浄化魔法が必要な場合以外は、兄様に同行する必要はないじゃない」

呼び名が、兄さんから兄様に変わったのはいつからだったか。

そんなことを思いながら、ラネはもうすぐ義妹になるリィネを見つめる。

もともとの美貌にさらに磨きがかかって、もう生粋の貴族の令嬢にしか見えない。でも、この美しさは、彼女がクラレンスにふさわしい人間になりたいと努力した結果だ。

「それは……」

砂漠の町でアレクが語った話を言おうか少し迷って、ラネは自分の胸に秘めておくことを選んだ。

きっとアレクは、ラネだから話してくれたのだ。

(あれは、ふたりだけの秘密にしよう)

あの日のことを、きっと忘れないけれど、おそらく今後も、誰かに話すことはない。

「同行しないのは、無理ね。アレクは結構無茶をするの。この間も、猛毒の魔物の血を浴びてしまって」

「えっ」

「もちろん、すぐに浄化したから大丈夫」

「……ラネがいてくれてよかったわ」

一瞬不安そうな顔になったリィネだったが、聖女のラネが一緒だから問題ないと、気を取り直したようだ。

「でも、結婚式はもう1カ月後なのに」

聖女アキの喪が明けてから、半年が経過した。

禍々しい気は消え去り、清浄な気に満ちている。

1カ月後には、王太子と勇者の結婚式が同時に執り行われる予定だ。

兄と一緒に結婚式を挙げる日を、リィネはずっと楽しみにしているのだ。

「またどこかに行ったりしない?」

「大丈夫よ。この1年で、各国を悩ませていた魔物はすべて倒したわ。これからは結婚式の準備に集中できるはず」

そう言うと、リィネは安堵したようだ。

「よかった。じゃあ早速、明日から準備を始めましょう」

「そうね」

ラネだって、1カ月後の結婚式をとても楽しみにしている。正式に婚約者となってから1年。ようやく愛する人と結ばれるのだ。

「あ、そうだ」

リィネは何かを思いついたようで、きらきらとした瞳でラネを見る。

「もしラネが嫌じゃなかったら、ドレスをお揃いにしない？　そうすれば今からデザインを決めなくてもいいし、同じものをもうひとつ作ればいいから、間に合うと思うの」

リィネはそんな提案をしてきた。

「ドレスを？」

「そう。駄目かな？」

かわいい義妹と同じドレスを着るのは、なかなか素敵な提案だ。

もともと村娘だったラネにとって、ウェディングドレスは貸衣装店から借りるものであり、とくに希望やこだわりはなかった。

「でも王太子妃になるリィネと同じドレスでは、わたしには贅沢《ぜいたく》すぎるわ」

この1年の間に、クラレンスはペキイタ王国との和解交渉や他国からの援助要請への対応など、積極的に外交をこなし、王太子としての地位を確立させていた。

側近のノアをはじめとして、騎士団に入団した第三王子も兄を支持しており、もはや彼が次期国王になるのは間違いない。

そうすれば、リィネは未来の王妃である。

同じドレスを着るなんて、おこがましいと思ってしまう。

「何を言っているの。ラネだって聖女で、相手の兄様は勇者なのよ？　それこそ唯一無二の存在なのに。むしろ世間では、世界を救った勇者と聖女の結婚の方が話題になっているくらいよ」

この国だけではない。

各国を回って魔物を退治してくれたふたりに、感謝している人はたくさんいる、とリィネは言う。

「だから、ラネさえ嫌じゃなかったら、そうしましょう？」

「ええ、もちろん嫌ではないわ」

「じゃあ、決まりね。サリー、すぐにメアリーを呼んでほしいの」

「かしこまりました」

リィネ専属の侍女となったサリーは、笑顔で承諾した。

メアリーの店は、今は王太子妃御用達《ごようたし》となってますます繁盛しているようだ。

「私も刺繍したハンカチを販売してもらっているの。売上金は、孤児院に寄付してもらっているわ。孤児院で暮らしたことがある王太子妃なんて、世界中を探してもきっと私だけ。だからこそ、私にしかできないことがあると思う」

兄の帰りを待って泣いてばかりいた少女は、兄によく似た強い瞳でそう言った。

きっと、彼女はよい王妃になるだろう。

この国の未来は安泰だと、ラネは思う。

「わたしも、また、刺繍の仕事を再開するつもりよ」

「そういえば、キキト村の刺繍がすごく売れているみたい。聖女効果だってメアリーが言っていたわ」

「そうだったの」

村にはいい思い出と苦い思い出が、半々くらいある。でもあの村の刺繍は誇りに思っているから、有名になったことは素直に嬉しかった。

それからは、本当に忙しかった。

毎日のように王城に通い、結婚式の準備に追われた。

結婚式が3日後に迫ったときになって、ようやく少し時間に余裕が持てるようになった。今日は王城に行かなくてもいい日だったので、少しだけ早起きをして、母親と朝市に向かうことにした。

「ほら、ラネ。向こうに行っては駄目よ」

王都に来たばかりの母の方が道に詳しくて、何度もそう注意された。

「母さん、詳しいね」

「実は昔、少しだけ王都で暮らしたことがあったのよ」

母はそう言って、懐かしそうに王都の街並みを見つめる。

「ずっとここで暮らしたかったけれど、経済的に難しくて。まさかこの年になって夢が叶うとは思わなかったわ」

そう言いながら、昔からある店を見て、懐かしいとはしゃいでいる。

「本当に人生って、何が起こるかわからないわね」

「……そうね」

母の言う通りだと、ラネは頷いた。

ラネが王都に来たのは、エイダーの結婚式に参列するためだった。それがアレクと出会い、彼を愛したことで、ラネの人生は大きく変わった。

「ねえ母さん。ミードのスープの作り方を教えてほしいの」

アレクは、母が作るミードという香辛料をたっぷり使った辛いスープが好きだと言っていた。それを思い出してそう頼むと、母は嬉しそうに頷く。

「もちろんよ。材料を買っていきましょう」

結婚後も両親と同居する予定だから、あまり実感はない。

でも、もうすぐ結婚して、ラネはアレクの妻になる。結婚式の準備ばかりに奔走していたけれど、料理なども、もっと頑張りたい。

「だけど、そんなに張り切らなくてもいいのよ。料理は私に任せたらいいし、何ならお手伝いさんを雇ってもいいと言ってくれたから」

特別な日に、彼の好物を作れば十分だと言う。

「だったら、やっぱりミードのスープは覚えなきゃ。アレクが好きだと言っていたの」

「あら、まぁ」

母は嬉しそうに、材料から作り方までじっくりと教えてくれた。

「このスープ、父さんも好きなのよ。でも喧嘩のあとに毎回作っていたら、少し飽きちゃったみたいで……」

「そんなに喧嘩していたの？」

両親が喧嘩しているところなど見たことがなかった。驚いて尋ねると、母は昔を思い出すように遠い目をして、くすりと笑う。

「ええ。とくに、結婚したばかりの頃はひどかったわ。でも、いくら喧嘩をしたって、仲直りをすればいいのよ。あなたたちだって、そのうち喧嘩をするようになるかもしれないわ」

「……スープの作り方を覚えておくわ」

今のところ、アレクと喧嘩をするなんて考えられないが、ないとは言い切れない。そのときのために、しっかりと覚えておこう。

「明日から3日間、お城に泊まるのよね」

「うん。結婚式まで、準備のために」

母の言葉に頷く。

ドレスの最終調整や儀式のリハーサルなど、やらなくてはならないことがたくさんある。

「最初はちょっとふさいでいたみたいだけど、もう大丈夫そうね」

「……うん」

母が気付いていたことに驚きながらも、ラネは小さく頷いた。

結婚式の準備をしていると、どうしてもエイダーに婚約破棄されたことを思い出してしまう。

あのときの胸の痛み。

これからどうなるかわからない不安。

でも、これはアレクとの結婚式だと思うにつれ、少しずつ気持ちが前向きになってきた。

「わたしはもう大丈夫」

つらかった過去は、これからのしあわせな記憶に上書きされていくに違いない。

◆◇◆◇◆

準備に奔走し、ようやくひと息つけたと思ったら、もう結婚式の当日になっていた。

ラネとリィネは揃いのウェディングドレスを着て、先に準備を終えて待っているアレクとクラレンスの部屋に入った。

クラレンスは王族としての正装。アレクは勇者の礼服を身に付けている。

その凛々《りり》しい姿に、ラネは思わず見惚れてしまう。

アレクもドレス姿のラネを見ると目を細めて、柔らかな優しい笑みを浮かべる。

「ああ、ラネ。とても綺麗だ」

「ありがとう……」

まっすぐな賞賛に、なんだか恥ずかしくなって俯く。

「もう、兄様ったら。私には言ってくれないの？　たったひとりの妹が結婚するのに」

リィネは拗ねたような声でそう言う。もちろん本心ではない。

「もちろんリィネも綺麗だ。……同じドレスなのか？」

ふたりを見てそう言ったアレクは、今日まで何も知らなかったようだ。

「そう。私たちは、姉妹婚をするのよ」

「姉妹婚？」

聞き覚えのない言葉に首を傾げると、アレクが少し呆れたようにリィネを見た。

「ラネには意味を伝えずに実行したのか」

「え？　このドレスに何か意味があるの？」

不思議に思って尋ねると、リィネは頷いた。

「そう。私たちの故郷に伝わる、古くからのおまじない。同じ日に同じデザインのドレスを着て結婚した姉妹は、永遠のしあわせが約束されるのよ」

「……そうだったの」

日にちがないからと言って、あえて同じドレスにしたのには、そんな理由があったのかと納得する。

リィネは、こうしてお揃いのドレスを着ることで、ラネのしあわせを祈ってくれたのだ。

「ラネはお前の姉ではないぞ」

「もう私の義姉様だわ。サリーやメアリーと、リィネに似合うドレスを一生懸命に考えたのよ」

「え？　じゃあこれは」

ラネは驚いて、自分の着ているドレスを見下ろす。

高価な刺繍やレースがたっぷりと使われているものの、少し大人びた上品なデザインだ。確かにリィネのためならば、もう少し豪奢な方が似合っていたかもしれない。

「そんな、リィネだって一生に一度の結婚式なのに」

自分のためのドレスだったと知って、ラネは焦る。

「だって、ラネと兄様には絶対にしあわせになってもらいたいから。ラネ、兄様をしあわせにしてくれて、ありがとう。あなたが大好きよ。心から、しあわせを祈っているわ」

リィネの頬から涙が零れ落ちる。

そんなリィネの肩を抱くのはもうアレクではなく、夫となるクラレンスだ。

アレクはそれを見て、肩の荷が下りたような、少し寂しいような顔をしている。ラネはそんなアレクの腕に、自分の腕を絡ませた。

「ありがとう、リィネ。わたしもあなたのことが大好きよ。……しあわせになろうね。一緒に、永遠に」

「……うん」

ふたりの頬を涙が伝う。

サリーとメアリーがやってきて、慌ててふたりの化粧を直してくれた。

結婚の儀式は、まだこれからなのだ。

そうしてラネはアレク、クラレンスはリィネの手を取って、結婚式が執り行われる大聖堂まで馬車で移動する。

沿道ではたくさんの人たちが迎えてくれた。

花かごを持った人たちが、祝福の言葉を口にしながら花びらを撒いている。その祝福に手を振って答えていると、その中に見覚えのある人たちがいた。

(あれは、メグにミーエ。クレア？　トリザにロン、ソルダまで)

村の幼馴染たちだ。

彼らはこの日のために、わざわざ王都に出てきたのだろうか。

花かごを持って、居心地の悪そうな、申し訳なさそうな顔をしながらも、花びらを撒き、祝福の言葉を口にしている。

「ありがとう」

思わずそう叫ぶと、伝わったのか、幼馴染たちは泣きそうな顔をして、静かに頭を下げていた。

「彼らとも色々あったんだろう？」

心配そうなアレクに笑って首を振る。

「もう、いいの。わたしは今、しあわせだから」

今となっては、あの美しい故郷が、平和であるように祈るだけだ。


馬車はゆっくりと大聖堂の前に止まり、花嫁たちはそれぞれのパートナーに手を取られて、中に進んでいく。

祝福の鐘が鳴り響いている。

広い廊下には貴族たちが立ち並び、すれ違う際に、祝福の言葉を口にしながら頭を下げる。

辿り着いた大きなホールには王族と、ラネの両親が待っていた。

そうして大神官長立ち合いのもと、婚姻証明書にサインをした。

これで正式に夫婦になる。

このあと王城で結婚式の祝宴が執り行われる予定だったが、アレクとラネは出席を辞退した。

国王は最後までアレクに爵位を授けたがっていたが、彼は固辞していた。爵位を賜ってしまえば、他の国から助けを求める声があっても、迅速に駆け付けることは難しくなる。

アレクは、再び冒険者家業に戻ることを希望していた。

これからも、誰かを助けるために。

ラネもパートナーとして彼を支えるつもりだ。

儀式を終え、ウェディングドレスを脱いだラネとリィネだったが、ラネはシンプルな服装に着替えたのに対して、リィネは祝宴のためのドレスを着なくてはならない。

まだまだこれからも忙しいリィネだったが、ラネをアレクのところまで送ってくれた。

「ラネ、ここでいったんお別れだけど、会いたいって呼んだらまた来てくれる？」

少し心細そうな彼女に、もちろんだと頷く。

「わたしは、あなたの義姉ですもの」

妹のためならどこにでも駆け付けると、笑顔で抱きしめる。

「兄様。今まで私を守ってくれてありがとう。兄様のお蔭で、私はここまで生きてこられたのよ」

「何を言う。家族なのだから、守るのは当然だ」

アレクはそう言って、妹の頭を撫でた。

兄妹らしい時間も、これからしばらくは持てない。

でもリィネの瞳には不安はなく、ただ強い決意だけが見て取れた。

それは、隣にいるクラレンスの存在があるからだろう。

そうしてラネは、祝宴の準備で騒がしい王城から、アレクと一緒に静かに立ち去った。ゆっくりと走る馬車から見る街道には、まだ花びらがたくさん落ちていて、まるで花畑のようだった。

このままアレクの生まれ育った故郷の町に移動して、そこで1年ほど、ふたりだけで暮らす予定である。

海の近くに小さな家を借りて、普通の新婚夫婦のように静かに過ごす。

朝は一緒に朝市で買い物をして、昼は魚釣りをしてみるのもいいかもしれない。

そして夜になったら、夕陽が沈む様子を、ふたりで眺めよう。

そんな計画を両親は快諾してくれたし、クラレンスもリィネも賛成してくれた。

これからもアレクは、魔物が人々を脅かすようなことがあれば、剣を取って戦うだろう。

ラネも聖女として付き従うつもりだ。

魔王が滅んでからどんなに時が経過しても、勇者として、聖女に目覚めた者としての使命を忘れることはない。

それでもこの1年だけは、穏やかな日々を過ごしたい。そう願うことは、許されるだろうか。

馬車はゆっくりした速度で王都を出る。

明日、婚約者だった人が結婚すると聞かされて、連れてこられた王都だった。

つらくて苦しくて、どうしたらいいかわからなかった。

でも、ここでラネは最愛の人と出会うことができた。

(ああ、そうね……)

平穏な生活を夢見ていたラネは、自分の間違いに気が付いた。

彼と一緒なら、たとえ魔物との戦いの日々でも、貴族たち相手に探り合いをするような立場になっても、きっと笑って生きられるだろう。

それだけは、間違いない。

「ラネ、どうした?」

急に笑い出したラネを不思議に思ったのだろう。

アレクがこちらを見つめている。

「わたしはしあわせだなぁと、そう思っていたの」

苦しい思いを抱えて訪れた王都を、笑顔で出られるのが嬉しい。

そう答えると、アレクはラネを優しく抱き寄せる。

1年後に、再びこの王都に戻る日も、ラネはきっとアレクの隣で笑っていることだろう。

書き下ろし番外編　孤高の勇者

「勇者だなんて言っても、魔王を封印するための生贄じゃない。英雄になるのは、生きて戻る私たちよ」

扉を叩こうとした瞬間、中から嘲笑うような聖女の声が聞こえてきて、アレクは手を止めた。

魔王討伐の旅の途中である。

立ち寄った町の宿に泊まり、早朝に出発する予定だった。

けれど聖女アキと剣士のエイダーが、集合時間が過ぎても起きてこなかったために、もうひとりの仲間である魔導師のライードと迎えに来ていた。

「そうだな。もうすぐ俺も英雄だ」

答える声は、エイダーのものだ。

ここは聖女アキの部屋のはずだが、中には剣士のエイダーも一緒にいるらしい。

彼はいつの間にか聖女の護衛を名乗り、ふたりは常に行動をともにしていた。起きてすぐに合流したのか。それとも昨晩から同じ部屋にいたのかもしれない。

「かわいそうな生贄だから、王様も他の人たちも、逃げられないように丁重に扱っているのよ。

行くだけで、帰り道のない旅だもの。本当に、かわいそう」

同情めいた言葉を口にしているが、聖女は楽しそうにくすくすと笑っている。

「……あいつら」

怒りに満ちた声が聞こえてきて、アレクは我に返った。

隣にいた魔導師のライードは、激怒して今にも部屋の中に乗り込んで行きそうだ。

「待て」

そんな彼を片手で押さえ、そのままふたりがいる部屋から遠ざかる。

「あんな奴らに、言わせたままでいいのか」

何とか抵抗しようとしたが、力ではまったく敵わないと悟ったのだろう。ライードは怒りをそのままこちらに向ける。

「聖女とエイダーにどう思われていようが、関係ない。ただ、あの場でお前に暴れられたら、宿に迷惑がかかる」

「……まったくお前は」

淡々とそう告げるアレクに毒気を抜かれ、ライードは大きくため息をついた。

「達観しすぎだ。ひとりで熱くなっている俺が馬鹿みたいだろう。しかしお前も、押し付けられた聖女はともかく、何だってエイダーなんか仲間にしたんだ」

そう責められて、アレクは困ったように笑うしかない。

本当は、剣士には別の人間を選ぶはずだった。

けれどその冒険者は年齢を誤魔化していて、決定寸前に、妹のリィネよりも年下であることが判明した。剣の腕は確かだったが、そんな子供を連れて行くことはできないと、急遽メンバーを変更したのだ。

「名簿の一番上に書かれていたからな」

「それって、絶対に名前順だろう」

呆れたようなライードの言葉に、そうかもしれないと答える。

一応、正式に加入する前に面接をしたが、正義感に溢れた普通の青年だったように思う。

彼があんなふうに変わってしまったのは、聖女と親しくなってからだ。

聖女アキは、その力こそ本物だが、性格は自己中心的で、とても聖女にふさわしい女性だとは思えなかった。

それでも間違いなく聖女である以上、彼女をパーティから排除することはできない。

「それで、どうする？　もし予定通りに出発するなら、あいつらを叩き起こしてくる。もう少し待つなら、魔導師ギルドに寄りたいんだが」

昔の魔法について研究している者がいるので、話を聞いてみたいと言ったライードの言葉に、アレクは頷いた。

「あの様子では今から起こしても、準備をして出てくるのは昼過ぎになるだろう。それだと今日中に隣町に辿り着くのは難しい。それなら今日はそれぞれ用事を済ませて、出発は明日の朝にしよう」

「了解。それだと助かる。アレクも何か用事があるのか？」

「ああ。そろそろ妹に手紙を書こうと思っていた」

アレクがひとり残してきてしまった妹に、頻繁に手紙や荷物を送っていることを知っているライードは、納得したように頷いた。

「なるほど。お前は妹のこと、ものすごく大事にしているもんな。もし将来、彼氏なんてできたら大変なことになるんじゃないか？」

「そうかもな」

笑ってそう答えると、ライードは肩を竦める。

「妹さんをください、なんて言ったら叩きのめされそうだ。よし、それなら俺は出かけてくる」

「ああ」

軽く頷いてライードと別れると、アレクは宿屋の受付に1日宿泊を延長すると告げてから、借りている部屋に戻った。

机に向かい、王都にひとりで残してきてしまった妹のリィネに手紙を書く。

だが、もしリィネに恋人ができたら大変なことになる、というライードの言葉を思い出して、手を止めた。

もしいつか、そんな日が来ても、アレクはライードが言うように反対したり、まして相手を叩きのめしたりはしないだろう。

騙されたりしてはいないかと、それだけは慎重に見極めるだろうが、どんな男でもリィネが選んだ相手なら、反対するつもりはない。

むしろ、そんな日が早く来てくれないかと、心待ちにしているくらいだ。

自分がいなくなったあとに、妹を守れる者が必要だった。

「勇者は生贄か」

アキの言葉を思い出して、ぽつりとそう呟く。

それは、あながち間違いではなかった。

魔王討伐パーティなどと名乗っているが、過去に魔王を倒した勇者は存在しない。これまでの勇者は仲間たちのサポートを得て、命を懸けて魔王を封印してきた。

おそらくアレクもそうなるだろう。

だからか、勇者の力を得てから対面したギリータ王国の国王は、アレクが平民で家族も妹ひとりだけだと知ると、安堵したような顔をしていた。

隣にいた王太子のクラレンスは、そんな父親に憤ったような視線を向けていたが、国王の気持ちもわからなくもない。

悲しむ人間は少ない方がいいのは確かだ。

クラレンスは何かと気にかけてくれて、できることがあれば何でも言ってほしいと、何度も伝えてきた。

アレクの心残りは、妹のリィネだけだ。

だが王太子の保護下に入ってしまえば、安全かもしれないが、自由には生きられないだろう。

そう思って、彼を頼るようなことはしなかった。

(できる限りのことは、してきたはずだ)

妹の顔を思い出しながら、アレクは再び手紙を書き始めた。

冒険者だった頃に得た賞金で王都に屋敷を買い、信頼できる人間を数人雇った。

屋敷の名義も、妹のものに変更している。

さらに、冒険者になった頃から所属していた冒険者ギルドの長に、妹のための生活資金と使用人の給金をまとめて預け、これから10年は余裕をもって暮らせるように手配してきた。

10年も経てばいい人と巡り合い、しあわせになってくれると信じている。

そんな妹の未来を守るために、アレクは勇者として旅立ったのだ。

仲間のライードにも、ギルド長にも、妹のことばかりだと言われ、少しは自分のことも考えろとか、妹離れしろと言われたが、これればかりは仕方のないことだ。

両親が亡くなった日から、アレクには妹のリィネしかいない。

リィネが世界のすべてだった。

親しい友人も大切な存在もいない自分だからこそ、この世界のために勇者に選ばれたのかもしれない。

聖女アキとエイダーは、それからも小さな問題を起こしたが、魔王を封印する旅を中断することはなく、順調に進んでいった。

旅の途中で、アレクもたくさんの人と出会った。

ほとんどが一度きりの出会いで、もう会うことはないかもしれない。

けれど、こんな状況でも懸命に生きている人たちの姿に、平和を願う気持ちはますます強くなっていく。

たとえ命を懸けて魔王を封印しても、その平和は100年ほどしか続かない。もしリィネが愛する人と結婚しても、その子供が成長する頃にはまた、魔王は復活するのだ。

もしかしたらリィネの子供が、次の勇者に選ばれる可能性もある。

この世界に、もっと永久的な平和を。

そう願ったアレクは、最後まで戦うことを諦めなかった。

どうせこの戦いが終われば、死ぬことになっていたのだ。

聖女アキやエイダーはもちろん、ライードでさえ、魔王を適度に弱らせて封印することしか考えていなかった。

そんな中、最後まで剣を手放さなかったアレクは、とうとう魔王を打ち倒した。

自らの身体を支えることができないほど疲弊したアレクに回復魔法をかけてくれたのは、聖女アキではなくライードだった。

「お前、自分が何をしたのかわかっているのか？」

ライードは興奮した口調のまま、そう捲《まく》したてた。

「魔王を封印するのではなく、打ち倒したんだ。魔王の復活には、少なくとも１０００年はかかると言われている。この国は……世界はお前によって救われた」

高揚するライードとは裏腹に、アキとエイダーは絶望したような顔をしていた。

彼らが何故、そんな顔をしていたのかはわからない。

ただアレクは、この世界の平和を取り戻せたことに、心の底から安堵していた。

妹のリィネに自分が勇者として選ばれたことを話したのは、魔王討伐が完了したあとのことだった。

「……嘘」

ひと言そう呟くと、リィネは感情を抑えるように下を向く。

「兄さんがそうやって隠してしまうのは、私が弱いせいだってわかっているわ。でも……」

震える声で、リィネが涙を堪えているのがすぐにわかった。

「でも、兄さんがそのまま帰ってこなかったら、私はあとを追っていたかもしれない。ひとりだけしあわせになんて、絶対になれなかったわ」

「……リィネ」

衝撃的な言葉に、言葉を失う。

妹が自分のあとを追うなんて、思ってもみなかった。

「これから先、友達も大切な人もできないわ。私には兄さんしかいない。だから、もうひとりで危険なことはしないで。お願い」

リィネも自分と同じだったのだと、その言葉からアレクは悟った。

どんなに世界が平和になり、人々がしあわせになっても、きっとふたりだけで生きていくのだろう。

　そう思っていたのに。


　王都の路地裏で、アレクはラネと出会った。

　自分を脅していたランディにさえ礼を言う彼女は、穏やかで柔らかな雰囲気をまとっていた。

　魔王を倒したあとも、魔物との戦いは終わらない。

　聖女と剣聖という称号を得て、ますます横暴に振る舞うアキとエイダー。

　さらに、魔王を倒した唯一の勇者という肩書を、何としても利用したい国の上層部にも辟易していた。

　そんなアレクにとって、ラネの優しげな笑顔は心惹かれるものだった。

　この世界はアキやエイダー、そしてアレクを利用することしか考えていない貴族のような人間ばかりではない。

　たとえ直接関わることはなくとも、彼女のような人はたくさんいる。

　その人たちのしあわせを守るために戦ったのだ、と思い出すことができた。

　戦いの日々に上書きされて、もう記憶も薄れてしまったけれど、亡き母もこんなふうに優しく笑う人だったような気がする。

気が付くと、その笑顔に導かれるように悩みを打ち明け、しかも跪いて、彼女にパートナーになってもらえるように懇願していた。

そんな自分の行動に、アレク自身が一番驚いた。

けれど彼女の穏やかな笑顔の裏には、深い悲しみがある。その悲しみを取り除いてあげたいと、強く願った。

それはアレクにとって、妹のリィネが関係していない初めての願いだった。

何とか話を聞き出してみると、ラネはパーティメンバーであるエイダーの婚約者だったという。

彼に婚約者がいたなんて知らなかった。

そんな素振りも見せたことはなかったはずだ。

しかも、エイダーは王都に帰還してすぐに、聖女アキとの結婚を申し出ていた。

魔王討伐を終え、彼は剣聖という称号を得ていたし、ギリータ国王も聖女がこの国の者と結婚することを希望していた。

何よりもアキ自身が強く望んでいたこともあり、あっさりとふたりの結婚の許可は下りている。

けれどそのエイダーには、故郷の村に5年も前に婚約していた女性がいたのだ。

その約束を反故《ほご》にしただけではなく、婚約解消すらせずに、一方的に結婚を知らせたのだというから、あまりにも不実な話だ。

憤りと同時に罪悪感も覚えたのは、あのふたりを引き合わせたのは間違いなく自分だからだ。その責任を取るためにも、何としても結婚式を阻止しなくてはならないと思った。

でもラネは困ったような顔で、その必要はないという。

エイダーを奪った相手である聖女を気遣うような言葉を何度も口にするラネの方が、よほど聖女らしいと思ったくらいだ。

そんな彼女をエイダーに会わせることを約束して、自分の屋敷に連れて行った。

言葉にはしなかったが、屋敷で働いてくれているサリーは、アレクがラネを連れてきたことにひどく驚いていた。

アレクも、この屋敷に誰かを連れてくるなんて想像さえしたこともなかった。けれどラネならば、リィネもきっと気に入るだろうという確信があった。

ラネを屋敷に連れて帰った夜。

アレクは10年ぶりに、両親の夢を見た。

両親が亡くなってから止まっていた時間が、ゆっくりと動き出したかのように感じた。

結婚式の祝賀会で、約束通りにラネとエイダーを会わせることができた。

けれどエイダーはアキに煽られてラネを罵倒し、さらに周囲の人間まで、アキたちの言葉を信じたのだ。その中に、この国では最も信頼できると思っていたクラレンスも含まれていて、アレクは怒りを覚えた。

思えば、大勢の前であれほど激怒したのは初めてかもしれない。

こんなことになってしまったことをラネに謝罪した。

結婚するはずだった相手に罵倒されて、苦しくないはずがないのに、ラネはエイダーに会えたことを感謝してくれた。

優しい笑顔が、苦しいくらい眩しく見えた。

予想していたように、妹のリィネもラネを気に入り、すっかり懐いてしまった。

年相応の明るい笑顔で、楽しそうに買い物をする妹の姿に、アレクの顔にも自然と笑みが浮かぶ。

妹の笑顔を見るのは、ずいぶんと久しぶりだと思う。

いつしかリィネは笑わなくなっていた。

妹を守ってきたつもりだった。

けれど、その心までは守れていなかったのだ。

出会ったばかりだが、ラネには色々なことを教えてもらったと、妹の隣で少し困ったように笑っている彼女を見て思う。

ラネの無垢《むく》なほどの純真さに、仮初《かりそ》めではない平和をこの世界に取り戻したいと思ったきっかけを、思い出すことができた。

優しい笑顔と気遣いに、亡き両親の姿を思い出すことができた。

そして、彼女と一緒にいる妹の笑顔に、守るということが何なのかを、知ることができた。

自由に振る舞う妹にラネは少し困っている様子だったが、リィネの無邪気な好意を無下《むげ》にしないように、ずいぶんと気を遣ってくれたようだ。

アレクもリィネを止めるべきだとわかっていたが、あまりにも楽しそうな妹の姿に、言葉を挟むことができなかった。

リィネは、これから先、友人も大切な人もできないと言っていた。

あえて言葉にしなかったが、自分も同じだろうとアレクは思っていた。

けれど、出会ったばかりのラネが、もうふたりにとって大切な存在になっている。

◆◇◆◇◆

それから、時が過ぎて今、アレクの傍には、聖女の力に目覚めたラネがいる。

ラネは正式にアレクの婚約者となり、妹のリィネは王太子であるクラレンスと婚約した。今頃はギリータ王国の王城で、妃教育に勤《いそ》しんでいることだろう。

もう妹を守るのは、アレクの役目ではない。

婚約者であり、いずれ夫となるクラレンスが、リィネを深く愛し、生涯守ってくれると信じている。

◆◇◆◇◆

アレクとラネは王都を離れて、故郷の海辺の町に来ていた。

リィネは何度も訪れていたが、アレクは数年ぶりの訪問だ。

もう両親と住んでいた家は劣化によって崩れ落ち、とても住めるような状態ではなくなっていた。思い出の家を守りたかったと思うが、あの頃の自分はリィネと生きるだけで精一杯だった。仕方のないことだったのだろう。

景色が綺麗で、海鮮料理で有名なこの町には、小さな宿が多い。

ふたりは、海がよく見える宿に泊まることにした。

部屋の窓からは、海に沈んでいく夕陽が見えた。

アレクはただ窓辺に佇《たたず》んで、その景色を眺めている。

両親が生きていたときでさえ、こんなふうに何もせずに過ごしたことはなかった。

紅く染まる海が、次第に闇に飲み込まれていく。

隣には愛しいラネの温もりがあって、それが言葉にできないくらいの幸福感を与えてくれる。

あらためて、あの魔王との決戦のときに死なずにすんでよかったと思う。生きてさえいれば、想像もしなかった未来が訪れるものだ。

そっと寄り添ってくれているラネが愛《いと》しい。彼女を本当にしあわせにするには、自分もしあわせになるしかないのだと、アレクはもう知っていた。

この笑顔を失わないためにも、もう二度と間違えはしない。

そう静かに故郷の海に誓った。

あとがき

こんにちは。櫻井みことです。

この度は、「婚約者が明日、結婚するそうです。」をお手に取っていただき、ありがとうございました。

「異世界でレシピ本を発行しようと思います！」に続いて、ツギクルブックス様で２冊目の本を出して頂くことができて、とても嬉しいです。

こうして書籍化することができたのも、ｗｅｂ版を読んでくださった皆様のお陰です。本当にありがとうございました！

今回の物語は、私にしては珍しく、ヒーローもヒロインも地位のある人間ではありません。強いヒロインが書きたくてこの設定にしましたが、とても楽しく書くことができました。

そして今回書籍化にあたり、書き下ろしの番外編と、先行販売ＳＳ、特典ＳＳを書かせていただきました。

書き下ろし番外編は、アレク視点です。連載中に本編に入れようと思っていたのですが、流れが悪くなるかと思い、書くのを諦めました。それをこうして書き下ろしで書籍に掲載させていただくことができて嬉しいです。

先行販売ＳＳは、ふたりが海辺の町に移動したあとの、新婚生活の話です。幸せな未来を語るふたりを是非、ご覧いただければと思います。

そして特典ＳＳは、各国に魔物討伐に向かっているときのお話です。こちらは特典だからいいよね、と甘々に仕上げました。こちらもどうぞよろしくお願いします。

たくさん書かせていただきましたが、その後の、聖女になったラネの話も書きたいと思っているので、ｗｅｂ版で少し長めの番外編を載せるかもしれません。もし興味をお持ちいただけましたら、こちらにも遊びに来ていただけると、とても嬉しいです。

最後に、書籍化にあたりご尽力いただいた担当編集様、素晴らしいイラストを描いてくださったカズアキ様。そして、この本を手に取ってくださった皆様に、心から感謝を申し上げます。

本当にありがとうございました。

またお会いできることを、心より願っております。

櫻井みこと

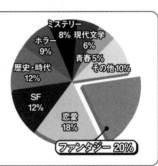

2023年8月、
最新15巻
発売予定！
もふもふを
知らなかったら
人生の半分は無駄
にしていた
1~14
著／ひつじのはね
イラスト／戸部淑
冒険あり、癒しあり、笑いあり、涙あり
もふもふたちに囲まれた
異世界スローライフ！
魂の修復のために異世界に転生したユータ。異世界で再スタートすると、
ユータの素直で可愛らしい様子に周りの大人たちはメロメロ。おまけに妖精たちがやってきて、
魔法を教えてもらえることに。いろんなチートを身につけて、目指せ最強への道？？
いえいえ、目指すはもふもふたちと過ごす、
穏やかで厳しい田舎ライフです！
転生少年ともふもふが織りなす
異世界ファンタジー、開幕！
定価1,320円（本体1,200円＋税10%） ISBN978-4-8156-0334-2

侯爵家に嫁いできたエリザベスは、結婚式の翌日から愛人が屋敷にやってきたり、屋敷の使用人たちから虐げられたり、最悪な状況に陥ってしまう。最後の希望は、白い結婚による婚姻解消。しかし、夫の卑劣な罠によって、それも叶わず命を落としてしまう。運命を呪いながら絶命したはずが、気づくと結婚直前の王都へ向かう馬車の中だった。やり直すチャンスを得たエリザベスは、もう二度と選択を間違えないことを誓う。目指すは円満な……円満でなくても構わないからとにかく離婚!

どん底の絶望から幸福の絶頂まで目まぐるしく変わる第二の人生の行方は!?

定価1,320円(本体1,200円+税10%)　ISBN978-4-8156-1739-4

ツギクルブックス

愛読者アンケートに回答してカバーイラストをダウンロード！

愛読者アンケートや本書に関するご意見、櫻井みこと先生、カズアキ先生へのファンレターは、下記のURLまたは右のQRコードよりアクセスしてください。

アンケートにご回答いただくとカバーイラストの画像データがダウンロードできますので、壁紙などでご使用ください。

https://books.tugikuru.jp/q/202304/asukekkonn.html

本書は、「小説家になろう」（https://syosetu.com/）に掲載された作品を加筆・改稿のうえ書籍化したものです。

婚約者《こんやくしゃ》が明日《あす》、結婚《けっこん》するそうです。

2023年4月25日　初版第1刷発行

著者　櫻井《さくらい》みこと

発行人　宇草 亮
発行所　ツギクル株式会社
〒106-0032　東京都港区六本木2-4-5
TEL 03-5549-1184
発売元　SBクリエイティブ株式会社
〒106-0032　東京都港区六本木2-4-5
TEL 03-5549-1201

イラスト　カズアキ
装丁　ツギクル株式会社

印刷・製本　中央精版印刷株式会社

ISBN978-4-8156-1914-5
Printed in Japan